KB259812

유쾌한 소통

유쾌한 소통

초판 1쇄 펴낸날 2010년 11월 15일
　　　2쇄 펴낸날 2011년 7월 1일

지은이 박태성
펴낸이 강수걸
펴낸곳 산지니
등록 2005년 2월 7일 제14-49호
주소 부산광역시 연제구 거제1동 1493-2 효정빌딩 601호
전화 051-504-7070 | 팩스 051-507-7543
sanzini@sanzinibook.com
www.sanzinibook.com

ⓒ박태성, 2010
ISBN 978-89-6545-123-5 03810

*책값은 뒤표지에 있습니다.
* 이 도서의 국립중앙도서관 출판시도서목록(CIP)은
　e-CIP 홈페이지(http://www.nl.go.kr/cip.php)에서
　이용하실 수 있습니다.(CIP 제어번호 : CIP 2010003941)

저널리스트가 본 소통과 연대의 숲

유쾌한 소통

박태성 지음

산지니

저 풀잎이 나를 본다

현대 사회에서는 지배 이데올로기의 공간이 개인의 자유로운 공간을 밀쳐내며 세력을 확장해간다. 지배 이데올로기는 우리가 온당히 있어야 할 공간을 집요하게 노린다. 이 글을 쓰고 정리하는 내내 니체의 다음과 같은 말이 떠올랐다. "모든 개체적 몸이 전체 공간에서 주인이 되려고 힘을 뻗치려 애쓸 때, 저항하는 것을 밀쳐낼 거라고 나는 생각한다. 개체의 몸은 다른 몸들의 동일한 노력과 지속적으로 충돌하면서, 마침내는 친화적인 힘과 하나가 될 것이다."

최근 나는 세상의 총체적인 기획에 의한 급진적인 변화보다는, 각 개체들이 장소의 주인이 되려는 수많은 움직임들의 결합을 믿게 되었다. 이 같은 믿음 아래 쓰인 이 책의 소재들은 소통과 연대라는 큰 바닷속의 거칠거나 섬세한 물결들이다.

제1부, 「순일한 힘 만드는 소통과 연대」에서는 평소 느낀 것과 주위 사례를 중심으로 물질 지상주의와 배금주의로 치닫고 있는 우리 사회를 살펴보고 그 대안의 가느다란 빛줄기들을 제시해보았다.

내세울 만한 게 없는 우리 사회의 안전망은 공동체 구성원을 개인화, 파편화시키며 가족이기주의로 내몰고 있다. 네온사인과 전광판 불빛과 같은 자본주의가 생산해내는 욕망의 전자 불빛들이 낯설기는커녕, 오히려 편하게 느껴지기도 한다. '나는 소비한다. 고로 존재한다' 는 말은 소비지상주의 세태를 절묘하게 빗댄 표현이다. 이에 부합하듯 사람은 인격적 주체이기보다는 단순한 소비자로서 한평생을 살아가기를 강요당한다.

하지만 모두가 그런 것만은 아니다. '획일화' 에 대항해 기대의 지평을 스스로 배반함으로써 자기 존재를 드러내는 사람들도 있다. 필요한 것만 좇는 실용주의 세태 속에서 스스로 '불필요한 존재' 가 됨으로써 딱딱하게 굳은 사회를 경고하는 유익한 존재들이다. 무리 지은 권력이 한쪽으로 달려가도 다른 쪽을 보고 있는 소수의 시선도 섬세하게 보고자 했다. 이들마저 언젠가 체제의 포승줄에 포박당하지 않기를 바란다. 그 같은 개체의 몸들이 친화적인 힘으로 연대하기를 바라며 그들의 삶을 이 책에 소개했다.

지식정보사회에 이르러 정리해고가 상례화된 지 벌써 오래됐다. 인구 10명당 1명이 사실상 실업자일 정도다. 일거리가 없으면 별 잘못한 일도 없는 사람도 졸지에 거리로 내몰고 마는 부실한 국가 안전망을 똑똑히 목격하고 있다. 국가 안전망을 믿지 못하는 사회에서 사람들은 어떤 일이 있더라도 자기 가족과 자기 자식만은 챙기겠다고 날을 세운다. 이런 상황에서 생존을 위한 어쩔 수 없는 선택인 '가족 이기주의'를 누가 비난할 수 있는가. 벼랑 끝에 몰린 약자를 구하고 공동체의 유대감을 만들어가야 한다. 그러기 위해서는 국가가 튼실한 복지 시스템 구축이라는 기본 중의 기본을 다해야 한다는 것을 강조했다.

우리의 삶이 마치 난장판 경주와도 같다는 생각이 든다. 경쟁지상주의와 학벌주의가 판을 치는 한국 사회다. 그 속에서 우리 아이들의 육체와 정신은 단단히 감금당한다. 이미 내던져진 구조에 그럭저럭 순응하는 가련한 존재가 되기를 강요당한다. 우리의 안쓰러운 아이들은 자기만의 공간과 시간과 의지와 휴식도 없다. 옆 못 보는 가리개를 한 채, 앞만 보고 달리는 경주마를 또다시 채찍질하는 한국 사회를 살펴보았다.

서글픈 현실은 또 있다. 거침없는 신자유주의의 가장 큰 폐해는 뭐니뭐니해도 양극화 현상일 것이다. 슈퍼 부자 가운데 세 사람, 빌게이츠와 월마트 회장 월튼, 브루나이 국왕의 재산이 세계의 못사는 국가 37개국의 소득을 다 합친 것만 하다고 한다. 한국도 예외가 아닐 것이다. 사회는 연줄에 얽매여 부자는 부자, 가난한 사람은 가난한 사람으로 대물림되는 현상이 고착화되고 있다. 기득권 집단은 '끼리끼리'의 네트워크 구조에 의존하면서 서로서로 주고받으며 패거리 의무에만 충실한다. 당장 직접적인 이해관계가 없더라도 언제든지 이해관계인이 될 가능성이 있는 사람들끼리 '보험'을 들어 놓는 것이다. 얼마 전 사회적으로 엄청난 파장을 일으킨 '검사 스폰서' 사건은 이런 실태를 여실히 보여주지 않았는가. 개인들로 하여금 자기 연줄의 연기자, 제작자, 거간꾼이 되기를 우리 사회는 강요한다.

자연의 존재자들의 공간을 빼앗는 이기적인 행위도 그만둬야 한다는 것을 강조하고 싶었다. 어느 날 산길을 걷다가 불현듯 오리나무 한 그루가 눈에 들어왔다. 한참 올려다보니 내 키 높이의 예닐곱 배 정도 됨 직하지 않은가. 그 순간, 우리보다 훨씬 높은 곳에서 나무가 인간을 내려다보고 있다는 아주 평범한 사실 한 가지를 발견했다. 그런데도 우리는 우리가 오히려 나무들을 내려다보고 있다고 착각한다. 자연의 존재자들을 학대하며 '인간화된 자연'이 되기를 강요하는 것이다.

고속도로를 뚫고, 다리를 만들고, 길을 넓히고, 인간의 시야를 가리는 것은 깡그리 없애려고 한다. 나무 한 그루가 있어도 우회도로를 내는 외국 사례는 그래서 생소하다. 정부의 4대강 사업은 인간에게 조금이라도 불편하거나 유용하지 못한 틈새들을 매끈하게 하는 것이다.

각 지자체들도 잘 살기 위한 것으로 포장하면서 치적용 개발 사업들에 눈독을 들이고 있다. 이런 사업들이 성공해서 시민들의 호주머니를 정말 넉넉하게 해주면 딱히 반대할 명분도 줄어들겠다. 호주머니를 채워주지도 못하면서 생태계 파괴만을 가속화시킨다.

상황이 이렇게 흘러간다면 뭔가 잘못돼도 크게 잘못되지 않았는가. 경제를 살린다는 명분으로 그럴싸하게 포장되고 있는 생태계 파괴의 온당치 못함도 따져보았다.

크누트 함순은 인간과 자연의 존재자들이 소통하는 황홀한 경험을 이렇게 표현했다. "때때로 멍하니 나는 풀을 바라봅니다. 풀도 나를 바라보고 있겠지요. 풀줄기 하나는 약간 떨면서 나를 생각하고 있겠지요. 이는 실로 대단한 일 아닙니까?" 강제적인 속도와 충격적인 경험이 연속적으로 이뤄지는 파편화된 세상 속에서 이같은 영적인 기운인 아우라를 느끼기가 힘들게 됐다.

따라서 자연과의 합일적인 순간이 이뤄지려면 소통을 방해하고 있는 것을 하나둘씩 걷어치워야 한다. 결국 끊임없이 확장되는 욕망을 줄일 수밖에 없다. 우리에게 온몸으로 베푸는 자연을 이용의 대상으로 보는 것은 인간의 탐욕에서 비롯된다. 더 이상 후회하지 않기 위해서 남아 있는 길이 아직 보일 때 조금씩 과거로 돌아가야 한다는 것을 제시했다. 자연의 상태로 조금씩 돌아가려는 운동이 과거로의 퇴행이 아니라, 실은 급진적이면서 대안적인 삶의 한 형태임을 깨달아야 할 것이다.

우리의 삶은 다른 사람을 위해서 번역되어야 하는 이유로 '사이 속에서의 인생'으로 불린다. 자기실현적 삶을 살아가기가 어렵게 된 우리들은 서걱거리는 이 세상에서 방황한다. 하지만 이 책에서는 그 세상마저도 따뜻하게 안으려고 노력했다. 또한 미래를 향해 달리자고 채근하는 폭력적인 상황에서 과거의 흙 묻은 기억을 들춰내며 천천히 과거로 돌아가는 것도, 실은 진보적인 형태의 운동임을 보여주고자 했다.

소통과 연대는 내게 항상 붙어 다니는 꼬리표였고, 놀고 씨름하고 싸우던 주제였다. 함께 소통하고 연대하는 사회를 만들기 위해 우리가 실천할 수 있는 방법들을 낙천적으로 상상하며 고집스럽게 찾아보았다. 획일적이고 일반적인 시각에서 벗어나서, 억압적이지 않은 식물적 상상력과 감성으로 기존의 딱딱한 틀을 바꾸려 노력했다.

“생각하는 대로 살지 않으면 사는 대로 생각한다”라는 말이 있다. 제1부에 담긴 글들이 생각하는 대로 살고자 하는 힘들이 불순한 것들을 밀쳐내고 마침내 장소의 주인이 되는 계기를 마련하는 ‘자극’이 되었으면 하는 바람이다.

제2부, 「‘소통’을 공부하러 간 영국」에서는 ‘문화 연구’를 2년 동안 공부하면서 느꼈던 단상을 옴니버스 식으로 구성해보았다. 당시 런던특파원도 겸하고 있어서 취재 활동과 연관된 경험도 덧붙였다.

가족과 함께 영국 히드로공항에 맨 처음 도착했을 때의 우울한 기억이 먼저 생각난다. 런던특파원으로 파견되는 터라 주한영국대사관의 입국 비자까지 소지하고 있었다. 그런데도 입국심사관은 날리는 듯한 말투로 무척 불친절하게 우리 가족을 대했다. 서로 조금씩 언성이 높아지기 시작했다. 옆자리에 있던 다른 심사관이 실랑이를 말리고 나서야 사태가 겨우 진정됐다. 그는 인종주의적 편견이 있는 영국인임이 분명했다. 이런 나라에서 '문화 연구'의 주요 분야인 '타자(他者)'를 공부해야 한다고 생각하니 갑자기 머리가 어지러워졌다.

상냥하고 친절한 영국인도 많았다. 하지만 외국인을 대할 때 보여주는 영국인의 여유와 친절 같은 것이 진심에서 우러나온다기보다는, 덜 '개화'한 종족에게 보내는 동정심이자 제국주의 시대에 훈련받은 표정은 아닌가 하는 의구심이 가끔 들었던 것도 이때의 강렬한 첫 경험에서 비롯되었다.

그 이후 영국에서 많은 체험을 했다. 그 가운데서도 가장 인상 깊었던 것은 '마인드 갭(Mind Gap)' 정신이 아닌가 한다. '마인드 갭'이란 말은 전동차와 승강장의 '틈새를 조심하라'는 뜻이다. 이 말에는 가진 자와 못 가진 자의 틈새를 메우기 위해 투쟁해온 '영국의 정신'이 고스란히 담겨 있다고 해도 틀린 말은 아니다.

영국이란 나라를 보면 그렇게 잘사는 나라는 아니지만 국민 표정은 여유롭다. 이런 영국식 여유로움의 배경에는 국가가 최소한의 복지를 책임져주는 데 따른 심리적 안정감이 깃들어 있다는 것을 발견했다. 웬만해선 흔들리지 않는 복지 시스템이 1파운드 동전의 묵직한 무게처럼 영국 사회를 여유롭게 만든다.

이런 시스템을 직접 경험해보니 우리나라에서 국가 역할이 과연 무엇인지 회의감이 들었다. 구조조정이라는 허울 아래 벼랑 끝으로 내몰린 실직자, 그들에게 국가의 존재는 무엇이었던가. 쫓아

내도 시원찮을 국가를 보고서도 선량한 국민은 또 다시 국가를 짝사랑한다. 한국으로 돌아와서 그 시원찮은 국가의 허상을 똑바로 알리는 글을 써야겠다고 결심한 것도 영국 생활의 소득 가운데 하나다.

영국에 머물면서 한국적인 것을 그리워할 때가 무척 많았다. 대표적인 것이 우리의 인간적인 풍경들이었다. 장엄하리만치 아름다운 영국의 풍경을 보면서도 뭔가 허전한 느낌이 들 때가 있었다. 함께 부대끼며 즐거워하고 위로해줄 인간들이 그 풍경 안에 없었다. 아름다운 풍경도 풍정(風情)이 돼야 비로소 마음에 자리 잡을 수 있다는 것을 그제야 비로소 알았다. 영국에서 했던 경험을 일일이 다 적을 수는 없어 이 책에서는 한국 사회와 비교할 수 있는 의미 있는 경험들만 선별했다.

제3부 「예술, 현실과 만나다」 편에서는 작품 세계가 현실과 별거한 채 '숭배' 의 대상이 되기를 원하는 일부 예술인의 인식에 이의제기를 한 글의 모음이다.

문화부 기자 생활을 오래 거치면서 나의 주된 관심사는, 예술인들의 전유물이 되다시피 한 예술을 대중에게 어떻게 돌려줄 것인가에 대한 탐구였다고 해도 틀린 말이 아니다. 한 예로 음악 담당 기자 시절, 서양식 복장을 하고 관객들이 알아듣지 못하는 발성으로 서양 흉내를 내는 자기도취적인 일부 오페라 무대를 보고 적지 않은 회의감이 들었다. 과연 '지금 여기' 에서 저러한 행위가 무슨 의미가 있을까 하는 물음이 솟구쳤다. 또 미술 담당을 하면서도 전시장에 갇혀 호사가들의 눈요깃감만 제공하는 현실에 회의감이 들었다. 이러한 물음을 지닌 채 공공미술과 도시 계획을 한국의 대학원에서, 그리고 문화적 소통을 강조하는 '문화 연구'를 영국의 대학원에서 공부했다.

많은 시간이 흐른 지금에도 이러한 물음은 현재진행형이다. 예술인 가운데 일부는 수요자층의 반응은 안중에도 없다는 듯, 지나치게 형식주의와 유미주의로 흐른다. 또 한편에서는 예술의 별세계에서 안주한 채 관념의 확대재생산 내지는 공허, 허무의 모방 같은 시류를 반복하기도 한다.

서민들의 삶이 더 팍팍해지고 있고, 정신적인 가치는 언제든지 폐기처분할 요량으로 우리 사회가 흘러간다. 절박한 이때, 예술은 사회로 향하는 시선을 거두지 말아야 할 것이다. 이를 끝까지 외면한다면 예술인이라는 화관(花冠)을 두르고 있는 사람들의 직무유기 아니겠는가. 문화는 '장구한 혁명'이란 말이 있다. 겸손하고 진정성 있게 사람들을 설득해서 물질에 세뇌되어가는 사람들의 의식을 조금씩 바꾸는 작업도 예술의 중요한 역할이다. 예술은 지배하는 것을 지배할 수 있는 유일한 무기이므로.

사회의 힘든 고비마다 진실에 민감한 예술인의 다양한 '행동'은 어려운 처지에 있는 사람들이 살아갈 길을 열어주는 희망이 되었다. 설사 '모기보다 더 작은 소리'일지라도 아무도 하지 못한 말을 하면 그 말의 힘은 힘든 사람들에게 따뜻한 '뱃심'을 선물할 수 있다는 생각을 이 책의 곳곳에 담았다.

우리 주위에는 참 말할 것이 많지 않은가. 그 '말할 것들'에 대해서 상상력을 작동시켜 현실화된 정서로 승화시키는 것이 예술가의 역할이라고 나는 믿고 있다. 그런 믿음이 있기에 예술과 대중 사이에 가로막힌 벽을 걷어치우는 노력을 하자고 고집스럽게 강조했다.

아울러 '삶이 곧 문화'란 인식을 갖고 문화의 개념을 한층 넓히려는 글들도 과감하게 실었다. 개발 위주의 천편일률적인 도시계획, 상업 공간에 잠식돼가는 개인의 공간, 어지러운 도시 조명, 주민의 삶이 사라진 도시 재생에 대한 비판적인 시각의 글도 담겨 있다. 싹쓸이 철거 형식의 개발 정책을 지양하고 도시 속의 '갯벌'과도 같은 골목길과 산복도로를 지키자는 제안도 그러한 경우다.

심정적으로만 힘든 계층에 동조하는 문학, 전시장에 꽉 갇힌 미술, 공연장에서 옴짝달싹 못하는 음악과 춤 같은 다양한 예술 장르를 '거리'로 자유롭게 방목시켜보자는 것이 나의 생각이다. 동서고금을 막론하고 위대한 명작은 보편성을 획득한 작품이다. 그런데 그 보편성을 획득하는 길은 그렇게 간단한 일이 아니다. 자기 내면을 치열하게 탐구하는 '나'를 응시해야 하며, 그 결과물이 보편적인 정서로 인식되기 위해서 '너'를 향해서도 열려 있어야 한다. '너'를 향해 열려 있는 상태를 '소통'이라고 말하고 싶다.

단순화의 위험을 무릅쓰고, 예술은 현실을 직시하고 수용자층과 소통을 게을리 하지 말아야 한다고 주장했다. 그렇지 않을 경우 상상력은 허튼 사치에 불과할 것이다. 예술은 '아름다움의 탐구자' 란 단순한 역할에 그치지 말아야 할 것이다. 수용자로 하여금 일상의 평범한 사유 질서에서 벗어나게 해줘 자극과 깨우침을 주며, 때로는 '숭고' 의 감정까지 느끼게 하는 '예술' 을 기대하며 3부를 엮었다.

내가 살고 있는 집 바로 옆에 있는 부산의 황령산은 여기 실린 글들의 산실과도 같은 공간이다. 이 편안한 공간을 산책하는 길 위에서 생각들은 자유롭게 넝쿨처럼 뻗어 나갔다. 감히 대가(大家)와는 비교할 수 없겠지만, 인상주의 화가 모네가 지베르니 정원에 무려 43년간 머물면서 시시각각 변하는 수련연못과 꽃무리에 탐닉했듯이 말이다. 늘 걷던 산길을 가면서 눈여겨보았던 나무와 들꽃들이 변하는 모습을 관찰하는 것도 즐거운 일이었다. 아마도 위압감을 주는 산이었다면 생각과 사유를 진척시키기가 힘들었을 것이다. 낮은 산, 황령산에게 고마움을 표한다.

2010년 10월

제 1 부

순일한 힘 만드는 소통과 연대

기억도
대리운전 하시나요?

지난 주말 늦가을이 촉촉하게 물들어가는 황령산에 올랐다. 늘 가던 산책로를 따라 꽃가지, 나무, 덩굴숲, 돌부리에게도 인사를 건네며 기분 좋게 발걸음을 옮겼다. 같은 산에서 같은 길을 걷노라면 한 사물이 시시각각 변하는 모습을 관찰하는 것이 즐겁다. 익숙한 풍경들에는 생각의 가지도 편하게 뻗어 내면을 풍요롭게 해주는 덤도 있다.

그날 갈미봉에 올랐다. 높이 260m 정도밖에 되지 않는 작은 산봉우리지만 거기에 서면 가려졌던 시야가 확 트여 가슴 시원함을 안겨주는 곳이다. 그런데 다른 날에는 느끼지 못했던 풍경 하나가 눈에 확연히 들어왔다. 건너편 사자봉 정상에 오르는 계단을 경계로 왼쪽 편에는 거의 낙엽수들이, 오른쪽엔 상록수들이 전쟁터에서 팽팽히 대치하고 있는 군사처럼 서로를 나란히 바라보고 있었다.

　낙엽수는 그간의 삶의 편린들을 반추하는 모양으로 붉고 노랗고, 고운 색깔로 물들고 있었다. 지난 봄과 여름의 열정과 아픔을 아로새기며 외로움이 희망으로 승화된 듯 가랑잎 사이로 다양한 표정이 보였다. 이와 대조적으로 지조와 절개의 덕을 상징해 사람들에게 칭송을 받는 상록수가 바로 옆쪽에 나란히 서 있었다. 하지만 그날은 왠지 한결같은 모습을 하고 있어 변화의 굴곡을 가질 만한 어떤 기억도 없는 것처럼 측은하게 느껴졌다. 완전히 혼자인 채로 살아가는 사람이 기억할 것이 없는 존재가 된 것처럼 말이다.

　생물학자 마투라나와 바렐라가 쓴 『인식의 나무』 한 구절이 생각났다. "잠수함 속에서 한평생을 지낸 사람을 상상해보자. 잠수함이 수면 위로 떠오른다. 무전기로 조타수에게 말한다. '축하합니다. 모든 장애물을 피해 세련되게 상승했습니다.' 하지만 조타수는 '장애물은 무엇이고, 상승은 무엇입니까. 내가 했던 것이라고는 손잡이를 돌리는 것이고, 기계 계기판의 특정한 관계를 만드는 것이 전부였습니다. 그런데 잠수함이란 말은 또 무슨 말입니까?'" 조타수는 익숙하게 정해진 순서 속에서 일한 것만 알 뿐, 그 외의 것은 기억하지 못하는 가련한 존재였던 것이다.

　흔히 전자매체 시대에 이르러 기억과 회상의 공간이 사라지고 있다고 한다. 마치 공중 시설의 의자 팔걸이가 사람을 편히 눕게 하지 못하는 것처럼, 기억 상실의 시대를 맞아 제각각의 기억들은 제 몸조차 가누지 못하고 비틀거린다. 자동차 내비게이션에 목적지를 입력하기만 하면 굳이 과거의 기억이 묻어 있는 공간을 더듬을 필요가 없다. 전화번호를 기억하는 일도 휴대폰이 알아서 처리해준다. 각종 정보와 기록도 인터넷이면 간단하다. 이같이 '기억을 대리운전 해주는 편리한 기계들'로 인해 사람들은 갈수록 파편화돼가고 있는 현실이다. 공동체적 유대감이 사라지고 있는 현상은 이 시대의 고민거리 중 하나다.

기억은 인간 사이에서 생기는 게 세상 이치다. 혼자 서 있는 듯한 나무도 바람이 있으므로 그 흔들림을 알 수 있고 보이지 않는 바람도 흔들리는 나뭇가지에 의해 그 존재가 인식된다. 이렇듯 사람과 모든 존재는 함께하는 대상에 의해서 존재의 가치가 발현된다. 하지만 요즘 사람들은 어찌된 일인지 기억을 보존하기보다는, '쿨'하게 휘발시켜버리는 능력에 더 우쭐대는 것 같다. 사람과의 관계도 깊은 유대감보다는 일회적인 만남으로 돌리며 더욱 원자화, 파편화돼가고 있는 추세다. 앞으로의 힘찬 전진을 강요하는 시대적 상황에서 과거의 흙 묻은 기억을 들춰내며 '오늘 속 어제'를 반추하는 사람은 시대의 낙오자로 취급받기 일쑤다. 사람과 사람, 사람과 자연이 내는 저마다의 존재의 목소리를 오롯이 들어주는 관용적인 자세를 보일 때 우리들의 소중한 기억은 차곡차곡 쌓여갈 것이다.

설령 '깊은 고요' 속에서 기억의 장(場)이 다음 차례의 기억에게 자리를 내줄지라도, 기억할 게 없다는 것은 너무 가혹한 일 아니겠는가. 낙엽수가 형형색색 아름다운 기억의 단풍을 토해내는 가을날이다. 우리도 자연의 이치를 겸허히 받아들여 순간순간 아름다운 기억을 품어보는 것도 괜찮은 삶의 한 방법일 게다. 그렇게 하느라고 흔들릴 수 있는 불이익을 감수하며 조금씩 어리석게 살아보는 것도 괜찮지 않겠는가.

세상은 결국 내 밖의 것들로 이뤄져 있기에 저마다의 아름다운 기억들은 바람과 나뭇가지처럼 서로서로를 보듬어주는 공동체적 온기로 승화될 것이라 믿는다.

오래된 새것

발터 벤야민은 "기지에 찬 표현은 다 버릴 것이다. 하지만 넝마와 폐기물만은 가질 것이다"라고 썼다. 넝마와 폐기물이란, 찬사를 받는 그럴싸하고 반짝반짝한 표현이 아닌, 생활의 때가 꼬질꼬질하게 묻어 시간의 단련을 오래 참아낸 표현을 일컫는 것일 게다. 이런 형태는 사회 속에서 생성되는 사물과 사람의 관계에서도 다르지 않다. 물질지상주의 세상에서는 시대에 낙후된 것으로 여겨지는 과거 파편들이지만 현재의 진정한 상태를 일러주는 '역사적 지표'가 될 수 있다.

한국 사회의 관료들은 새롭고 과시적인 것을 좋아하는 기질이 유달리 강한 것 같다. 얼마 전 부산 사상구에서 삼락고수부지와 낙동강 제방을 '전국 최고의 휴식 공간'으로 만들었다고 자랑하는 삼락강변공원에 갔다가 황망한 느낌이 들었던 적이 있다. 넓은 강변을 구획해 만든 체육시설과 강둑 산책길에서 시민들이 모여 운동하는 것을 볼 수 있었다. 하지만 강둑길 위에 조금 서 있으려니 양쪽으로 뚫린 6차선 도로를 오가는 자동차 소음이 폭력적이었다. 이렇게 시끄러운 체력단련장이 있을까 싶었다. 번듯하게 나무와 꽃들로 꾸며져 있지만 그 길은 정체불명의 단절된 공간이 되어 있었다. 언제 '뚝딱' 생겼는지 모를 도로의 위협으로 그 옛날 강둑에서 바라보았을 유장한 낙동강의 모습은 끊어져버렸다. 맹꽁이가 서식하는 삼락 둔치의 귀중한 생태계도 파괴될지 모르는 처지다. 오죽 마음 놓고 걸을 공간이 없었으면 이 지독한 소음 속에 갇혀 있다는 사실도 질끈 눈감아버리고 사람들은 빠른 걸음으로 운동에만 열중하고 있었겠는가. 무엇을 잃고 무엇을 얻었는가 하는 생각이 갑자기 들었다.

하야리아 부대 '시민 공원' 조성도 마찬가지다. 부대 입구에 떡하니 서 있는 조감도를 보는 순간, '이건 아닌데' 소리가 절로 나왔다. 조감도는 마권발매소만 남겨둔 채 대부분의 시설물과 나무들을 삼켜버렸다. 세계 어느 도시에서든 흔히 볼 수 있는 공원 설계도였다. 하야리아의 역사와 기억은 찾을 수 없었다. 시민 사회의 줄기찬 보존 요구에 묵묵부답해오던 허남식 부산시장이 다행히 최근 시설물과 나무 일부를 보존하는 방안을 지시했다. 하지만 300여 개의 시설물 가운데 일부에 불과하다. 가급적이면 더 많은 시설물과 나무를 보존해 그 활용 방안을 찾아야 한다. 어느 곳에서나 볼 수 있는 강변 둔치와 공원은 결국 사람들에게 표준화된 반응을 유도한다. 틀에 박힌 사유를 양산시켜 사회의 빠른 획일화에 기여할 뿐이다.

우리가 살아가는 현재는 멈추지 않는 시간이다. 그것은 또한 정리 정돈되지 않는 시간이기도 하다. 당연히 그 안에는 매끄럽지 않고 부족한 것도 함께 있기 마련이다. 반짝반짝한 것만 남는다면 거기에는 죽은 시간이 남을 뿐이다. 역사와 기억이 사라진 장소는 우리 스스로를 사회의 한 부속품 정도로 생각하게 만들며 끊임없는 불안감을 일으킨다.

낙동강 철새도래지에 대한 문화재 현상 변경 허용기준 대폭 완화, 강서국제산업물류도시와 명지국제비즈니스도시 개발, 광안리 해변 고도제한기준 완화 움직임, 동부산관광단지 원형보전지 해제 추진과 같은 개발 정책이 또 연이어 쏟아질 태세다. 과시할 수 없고, 구불구불하며, 돈이 되지 않고, 자랑스럽지 않으면 무엇이든 정리하고 개발하려 한다. 지난 총선에서 나타난 시민사회의 경고를 부산시가 잊은 듯하다. 시민 의식은 선진화되고 성숙했는데 행정만 시대착오적이어서는 곤란하다.

부산 창조도시본부가 출범했다. 이 조직이 어떤 방향으로 갈지 현재로서는 알 수가 없다. 하지만 부산의 소중한 것들을 부숴 없애버리지 않고 그대로 살리기만 해도 공적 한 가지를 남긴다는 것을 알았으면 한다. 지역 생태계를 관광자원화시켜 경제도 살린 외국 사례도 많지 않은가. 개발은 누구든지 할 수 있지만 생태계를 보존하면서 경제를 살리는 일은 누구든 할 수 있는 게 아니다.

다시, 발터 벤야민은 이런 말을 한다. "새것을 갖는 게 아니라, 오래된 것을 새로운 가치로 만들면 아무리 오래된 것도 새것이 된다."

어느 펭귄의
못 다한 노래

　얼마 전 텔레비전에서 우연히 펭귄의 흥미로운 진화 과정을 보여주는 프로그램을 보았다. 새들의 조상이 공룡이란 가설은 이미 잘 알려져 있다. 그 프로그램에 따르면 새들의 개체수가 급격하게 증가해 생존경쟁으로 먹을 것이 부족하게 되자 경쟁이 덜 치열하고 천적이 없는 얼음덩어리 남극으로 일부 새가 이동해 오늘날의 펭귄으로 진화했다는 것이다. 펭귄은 무한정 널린 바다 속의 먹잇감들을 잡기 위해 날개가 갈퀴처럼 진화됐다고 한다.

　'까만 연미복을 입은 신사'로 불리는 펭귄의 진화 과정을 엿본 순간 찬 얼음바닥에 어색한 자세로 허공을 마냥 바라보는 펭귄이 불현듯 측은하게 느껴졌다. 혹시 펭귄은 자기 머리 위를 보란 듯이 자유롭게 날아다니는 바다갈매기 떼를 보면서 '나도 한때 저런 적이 있었는데'라며 부러워하는 것은 아닐까? 날지 못하는 대가로 안정된 생활을 얻었지만 마음 한구석에는 비상하지 못하는 태생적인 불안을 여전히 품고 있는 것은 아닐까? 표정을 잃은 채 멍하니 하늘을 응시하는 모습에서 과거로 돌아가고 싶은 회귀적 몸짓 같은 것이 느껴진다.

펭귄을 보면서 우리의 세상 사는 이치도 생각하게 된다. 펭귄은 생존을 위해 치열한 진화를 하지만, 인간은 지금보다 더 편리하고 안락한 생활을 위해 자연을 파괴하면서 진보에 진보를 거듭하고 있다. 자연이 인간에게 도움이 되지 않는다고 섣불리 판단되면 가차 없이 배제하고는 '인간화된 자연'을 강요한다. 함께 가난한 '따뜻한 가난', 함께 불편한 '따뜻한 불편'을 생각할 겨를이 없다. 더 부자가 되려고 기를 쓰고, 더 편리하게 살아가는 데 모든 것을 쏟아 붓는 듯하다. 세종시 수정안은 말할 것도 없거니와 '토목 공화국'이란 별칭이 붙게 한 4대강 사업을 포함한 각종 개발 사업도 결국 인간의 이기적인 탐욕의 결과물이며 '돌격하는 진보'의 전형일 게다.

그런데도 우리는 이 겁 없는 뜀박질을 목격하면서 전혀 낯설어하지 않는다. 낯설어하지 않는다는 것은 '길들여지고 있다'는 표현에 다름 아닐 것이다. '낯설어하지 않음'은 펭귄의 퇴화된 날개처럼 우리 몸 속 세포가 주인의 명령에 따라 주어진 상황에 자기 방어적으로 뻣뻣하게 동화하는 방식이다. 그러기에 양립하기 어려운 행동 논리로 가득 찬 개개인의 일상도 낯설지가 않다. 사무실에서 일하는 나, 불편한 장소에 있는 나, 관청에서 굳은 자세로 서류를 작성하는 나, 버스와 전철 안의 나, 자아실현적 일을 하는 나는 각기 다른 판형의 이질적인 '나'일 것이다. 그런데도 주눅이 잔뜩 든 세포들은 적응하는 것만이 나의 살길로 생각하며 '동일성의 원리'로 사회에 통합되어 들어간다. 여기서 잠시 벗어나기라도 하면 뜬구름 잡는 사람이란 조롱을 감수해야 한다.

얼어붙은 한 겨울날, 폐지를 모아 하루하루를 연명하는 할아버지의 아슬아슬한 리어카 곡예 운전도, 전철 역사에서 종이 이불에 의지한 채 지쳐가는 노숙자도, 칼바람이 몰아치는 골목 한 모서리에서 추위에 얼굴만 내놓은 과일 행상 할머니의 모습도 낯설지가 않다. 대지진이 발생한 아이티, 참혹한 현장과 진흙으로 만든 과자로 주린 배를 채우는 어린이들을 보고도 '그런가?' 하며 스쳐간다. 네온사인 불빛, 클럽 불빛, TV 불빛과 같은 자본주의가 생산해 내는 욕망의 전자 불빛들이 낯설기는커녕, 오히려 편하다.

아득한 옛날, 하늘을 포효하며 날아다녔던 공룡이나 시조새같이 힘찬 비상을 꿈꾸는 펭귄 하나가 무리에서 벗어나 이렇게 말한다. "우리 펭귄은 죽지도 살지도 못해 남극이란 오지에 정착했다. 형편이 조금 나아져 다시 옛날로 돌아가고 싶어도 퇴로가 꽉 막혀 버렸다. 인간들은 이 풍요로운 땅에서 뭐가 부족해 숨을 헐떡거리며 앞만 보고 뜀박질을 하는지 알 수가 없다. 더 이상 후회하지 않으려면 남아 있는 길이 아직 보일 때 조금씩 과거로 돌아가라. 날수 있을 때 비로소 날아다니는 희열을 알 수 있는 법이다."

과거로 돌아가는
'진보'

"때때로 멍하니 나는 풀을 바라봅니다. 풀도 나를 바라보고 있겠지요. 풀줄기 하나는 약간 떨면서 나를 생각하고 있겠지요. 이는 실로 대단한 일 아닙니까?" 크누트 함순은 소설 『판』에서 인간과 사물이 일치하는 황홀한 경험을 이렇게 표현했다. 하지만 거친 충돌과 강제적인 속도가 연속적으로 이뤄지는 대도시에서 이 같은 영적인 기운을 느끼기가 여간 힘든 게 아니다.

바슐라르가 '주입된 빛'이라 불렀던 전기의 출현은 별과 밤하늘과의 소통을 막았다. 딱딱한 아스팔트는 대지의 꿈틀대는 생명력과 교감하는 통로를 잘랐다. 현대인의 근원적인 불안과 짜증도 이러한 단절에서 비롯되는 것일지 모른다. 산업사회가 탄생시킨 전구와 아스팔트는 더 충격적인 도시 풍경을 예감하는 전주곡에 불과하다.

안방 텔레비전과 컴퓨터의 전자 이미지들로 감각은 과부하 상태다. 버스 안에서 별 생각 없이 멍하니 있고 싶은 마음마저도 허락하지 않는다. 네온사인 간판과 전광판이 독차지한 바깥 풍경은 또다시 시신경을 괴롭힌다. 사색의 여지를 빼앗긴 채 무방비로 전자 스펙터클에 노출되고 마는 것이다. 빨아들이는 오락거리를 제공하는 현대 도시는 이렇듯 인간의 경험마저 파편화시키고 있다.

인간은 자연의 상태에 있을 때 마음이 가장 편하다고 한다. 하지만 사람의 맥박과 혈류의 속도는 '속도의 시대'를 따라가지 못해 도시 생활은 왠지 불안하기만 하다.

그래서 마음의 평정을 얻고 자연의 상태로 천천히 돌아가자는 '백워드 슬로' 운동이 힘을 얻고 있다. '느림'을 추구하는 슬로 라이프주의자들은 마음의 평안을 얻기 위해 다음 여섯 가지를 실천하기를 권유한다. 첫째 슬로 페이스(자동차 없이 천천히 걷자) 둘째, 슬로 웨어(전통의상을 입자) 셋째, 슬로 푸드(자연식품을 먹자) 넷째, 슬로 하우스(전통주택에서 살자) 다섯째, 슬로 에이징(느긋하게 나이 들자) 여섯째, 슬로 에듀케이션(조기교육과 선행학습보다 평생학습을 즐기자).

삭막한 도시의 삶에 대한 반작용으로 '슬로 시티(Slow City)운동'도 떠오르고 있다. 지난 2002년 이탈리아 작은 도시 그레베시의 시장이었던 파울로 사투르니가 마을 사람들과 세계를 향해 "제발 느리게 살자"고 호소한 데서 시작됐다. 처음에는 이탈리아 네

개 도시가 동참했다. 그 지역 주민들은 하루 세 시간의 낮잠 '피에스타'와 해질 무렵의 산책 '파세자타'를 즐기면서 '라 돌체비타(달콤한 인생)'를 산다고 한다. 슬로 시티 회원국으로 가입하려면 자연 문화유산이 풍부함은 물론, 그 흔한 대형 마트, 네온사인, 그리고 도심의 자동차도 없어야 한다.

이 가운데서도 자동차 없는 거리가 슬로 시티의 핵심이다. 자동차의 폐쇄적인 공간 구조가 사람과 사람을 단절시켜버리는 것을 보면 수긍이 간다. 자전거끼리 부닥치면 '미안하다'는 말을 먼저 꺼내지만, 자동차 운전자들은 사소한 잘못에도 삿대질이 먼저 아닌가. 자동차가 1시간에 30마일을 간다면 그동안 분석해야 할 정보가 1,320개로 분당 440개 단어 구사 능력에 해당한다고 한다. 그런 이유로 현대 과학기술의 총아인 로봇조차도 현재의 기술로써는 운전대를 잡을 수 없다. 자동차는 그만큼 운전자에게 스트레스를 강하게 준다.

하지만 정치적인 이데올로기가 작동하는 도시의 구조는 차를 몰고 가지 않으면 불편하게 돼 있다. 도로 대부분을 자동차에 내주고 비좁은 보도나 찻길 한 모서리를 아슬아슬하게 다녀야 하는 시민들에게서 영적 아우라는커녕, 작은 여유와 감성조차도 기대하기 어렵게 됐다. 자동차도로가 대부분 땅속에 있어 책을 읽으면서 걸어도 괜찮은 파리 인근의 신도시 라데팡스 정도나 되면 모를까.

'도시에서는 도처에 자동차가 있지만 아무도 도착하는 사람이 없고, 많은 사람이 길 위에 있지만 아무와도 유대가 이루어지지 않는다' 라는 은유가 가슴에 와 닿는 요즘이다. 도시 공간이 함께 모여 소통하고 사색하는 공간이 아니라, 단순히 스쳐가는 '통과 공간' 이 되기를 강요하는 시대다.

변덕까지도
사랑합시다

어떤 사람이 자기 동료와 보조를 맞추지 않는다면, 아마도 그는 다른 곳에서 들려오는 북소리의 장단을 듣고 있을 것이다. 그로 하여금 스스로 듣는 음악에 맞춰 걷게 하라. 남과 발을 맞추기 위해 자기의 봄을 여름으로 성급히 바꿀 필요가 있겠는가?

— 헨리 데이비드 소로

최근 휴가 때 경주에 갈 일이 있었다. 휴가 기간이 비교적 여유가 있는 편이어서 국도와 샛길로만 가기로 마음먹었다. 구불구불하게 펼쳐진 여행길에 들어서는 순간, 마주치는 길마다 새로운 풍경이 다정하게 말을 건넸다. 쭉쭉 뻗은 일직선 궤도에서 벗어난 길이 있다는 사실 자체만으로 푸근했다. 고속도로는 가장 짧은 거리만 기억케 하고 주변은 단순히 '스치는 공간'이 되기를 늘 강요하지 않았던가. 옆으로 뻗친 샛길들은 단순한 경유지가 아니라 호기심 많은 아이처럼, 북소리의 장단에 어깨춤을 추는 듯한 존재감을 선연히 드러내고 있었다.

샛길의 심장 소리를 듣고 있으려니, 약속 시간에 늦었던 친구에게 짜증을 냈던 기억이 떠올랐다. 혹시 그 친구도 자기만의 북소리를 듣고 있었던 것은 아니었을까? 여행의 넉넉함이라는 정서적인 인플레이션도 다분히 거들어, 그때 행동을 후회했다. 우리나라 국민은 우리 리듬에 맞는 시간보다 30분 이른 생활을 벌써 하고 있다. 대한제국 시절 표준시를 처음에는 동경 127도 30분으로 정했다가 5 · 16 직후 일본과 같이 동경 135도로 맞춰 결국 30분 이른 생활을 하게 된 것이다. 그렇다면 우리의 어설픈 시간 감각도 표준시가 어긋난 데서 비롯된 것 아닐까?

세상의 모든 현상에는 저마다의 이유가 있을 것이다. 부엉이형 인간 보고 아침에 느리다고 비웃으며 아침형 인간이 되라는 것은 머리 색깔이 왜 검은색이냐고 비난하는 것처럼 쓸데없는 일이다. 어찌 보면 피가 돌아가는 속도가 '광속도의 시대'를 따라가지 못하는 데서 생기는 현상 아니겠는가.

흔히 우리는 빨리 결정하지 않고 더듬거리는 사람을 답답해한다. 하지만 거침없이 내뱉고 거침없이 대답하는 사람이야말로 사회가 강요하는 표준화된 언어에 길들여져 있는 사람이 아닐까? 오히려 더듬거리는 행위가 침묵 그 다음의 언어를 생각하는 사려 깊은 인간의 모습일 게다. 말이 끝나기도 전에 되받아치는 말들은 실체가 없다. '말이 말을 만드는 자기모순'에 함몰된다.

그런 사람은 진정성이 없고 지식을 자랑하는 말을 늘어놓기 마련이다.

주위에 어떤 특정 이데올로기를 좇는 '주의자'들이 많다. 그 가운데 일부는 다른 사람의 행위에서 필연성이 보이지 않으면 혀를 끌끌 차기도 한다. 하지만 방향은 항상 굴절될 수 있는 법이다. 세상에는 일일이 설명하기 어려운 우연이 참 많다. 우연이란 말은 원인이 아직 규명되지 않은 현상에 대해서 사용하는 당혹스러운 표현일 게다. 무엇에 대해 정의 내리는 일을 포기해야 할지도 모른다. 설사 힘들게 정의를 내렸다고 치자. 그것이 어떻게 세상의 사례들을 다 포함할 수 있겠는가?

어떤 행동과 생각들이 아무리 이해하기 어렵고 아슬아슬하게 보여도 거기에는 그만이 듣는 북소리의 장단이 있다. 어느 방향으로 튈지 모르는 개인적인 변덕과 부조리까지도 받아들일 자세가 돼야 한다. 무엇을 하지 말라고 강요하는 것도 부질없다. 가치란 이 세상 안에 존재하지 않을 수도 있다.

그렇다고 너무 걱정할 필요는 없다. 인간 정신의 위대함은 어떤 편향성과 끊임없이 싸우는 것 아니겠는가. 어떤 생각의 치우침과 공적인 부조리에 대한 잘못을 수정하는 능력을 우리는 지니고 있다. 공공의 가치에 위배되는 불순한 것들이 차오르면 공동체가 힘을 모아 그것들을 밀어내며 공간의 주인이 되는 힘들을 우리는 지난 역사에서 보아왔다.

전철 앞자리에서 한 아이가 고함을 지르며 울어대기 시작했다.

인상을 찌푸릴 만도 했지만 저 아이의 울음소리도 멀리서 들려오
는 자기 북소리의 장단에 맞춘 것이겠지 생각하니 신기하게도 마
음이 편해졌다.

사라져서는
안 될 것들

부산 용두산공원에서 동광동 방향으로 조금 내려오면 1897년 우리나라에서 가장 먼저 설립된 유치원인 부산유치원 터가 나온다. 이 일대는 17~19세기 한국과 일본 간의 활발한 교역이 이뤄진 곳으로 일본인 거주 지역이었다. 또한 일본이 이곳을 발판으로 한국을 식민지화했던 역사적 교훈이 살아 있는 장소이기도 하다.

도심 속인데도 사람의 신경을 긴장시키는 번잡한 길과는 다른 느낌을 준다. 오래된 석벽 옆을 가다 보면 정거운 온도를 느끼게 된다. 석벽 위를 보니, 지나는 사람들을 내다보느라 까치발로 굽어보는 키 큰 나무들이 눈에 들어온다. 예전에는 길을 걷다 보면 이런 나무와 마주쳐 넉넉한 품을 경험하곤 했는데 언제부터인가 도시 속에서 아름드리나무를 보는 것이 어렵게 됐다.

유서 깊은 부산유치원 터에 멀지 않아 모텔이 들어설 계획이어서 이 장소와 함께한 오래된 수령의 나무들까지 사라질 위기다. 이곳에는 우람한 줄기로 자태가 매우 아름다운 은행나무, 마로니에, 팽나무 같은 노거수를 포함, 30그루 정도의 수목이 사이좋게 살고 있다. 특히 은행나무에는 몇 백 년을 산 나무에 생긴다는 유주가 가지에 많이 달려 있어 그 수령은 족히 200~300년이나 될 것으로 추정된다. 이쯤 되면 보호수로 지정되어야 마땅함에도 거의 방치된 상태다.

보다 못한 주민들이 직접 나서 숙박시설 건립 반대 서명운동을 벌이고 있다. 주민들은 부산시나 중구청이 부지를 매입해 이곳을 왜관역사관이나 쌈지공원으로 만들 것을 요구한다. 하지만 부산시와 중구청은 예산 부족을 이유로 팔짱만 끼고 있다.

사람들과 함께 살아온 나무를 한갓 목재적인 대상과 인간 유용성의 잣대로만 바라보는 처사는 여기서 그치지 않는다. 하야리아 부대에서 오랜 기간을 살아왔던 플라타너스, 왕벚나무에서부터 전나무, 소나무, 버드나무에 이르기까지 4,700여 그루의 아름드리 나무도 비슷한 처지에 놓일 것 같다. 나무를 다 살리면 이식 비용이 많이 들므로 이 가운데 30% 정도만 살리자는 이야기도 흘러나온다. 또 미군 측에서 나무들을 구입할 것을 요구하고 있어 부산시가 많은 나무들을 포기하려는 분위기도 감지되고 있다.

그나마 생존하게 되는 나무 대부분도 반듯한 숲길 조성을 위해 부지 내 다른 곳으로 이식하려 한다. 나무와 기존 시설물들은 가능하면 그 자리에 보존해야 한다. 사람과 마찬가지로 나무 역시 제자리에 없으면 생기를 잃게 마련이다. 원래 장소와 아무런 연관 없이 서 있는 나무는 그늘 아래서 땀을 닦으며 서로를 위로해주었을 사람들을 영영 기억 못하게 될 것이다.

부산유치원 터에 모텔이 들어서고 수백 년 된 나무가 함께 사라지는 일이, 그럴싸하게 포장된 개발 사업에 열을 올리는 부산시로서는 별일 아닌지도 모른다. 하지만 외국 사례를 아무리 둘러봐도 이렇게 귀중한 생태적, 역사적인 장소에 모텔 허가를 내주는 경우는 없다. 부산시가 열일을 제쳐두고서라도 우선적으로 지켜내야 할 '장소'와 나무들 아닌가. 이런 '기본 중의 기본'도 하지 않고 부산을 생태 문화도시로 만들겠다거나, 원도심을 보존한다거나, 또한 이야기가 있는 장소를 보존 발굴하겠다고 떠들어댄다면 그 말을 믿을 사람은 별로 없을 것이다.

"이 삶의 가장 큰 상실은 죽음이 아니다. 가장 큰 상실은 우리가 살아 있는 동안 우리 안에서 어떤 것이 죽어버리는 것이다"라는 말이 있다. 옛날 사람들은 무생물에까지 생명을 부여했는데 우리는 살아 있는 것까지 사물로 취급한다. 어떤 장소의 역사성으로 인해 우리가 자판기에서 툭 튀어나온 존재가 아닌, 과거로부터 이어져온 존재임을 알게 되는 것 아니겠는가.

부산유치원 터와 같은 역사적인 장소를 향락이 춤추는 국적 불명의 공간으로 만드는 부끄러운 행위는 막아야 한다. 그곳 나무들과 하야리아 부대 나무들도 꼭 지켜내야 한다.

아름드리 나무의 가지에 눈이 닿으면 자연스레 하늘을 보게 되

고 구름을 보게 된다. 자동차와 간판과 시멘트벽만을 보던 좁은 눈
은 큰 자연이 바로 우리 곁에 있다는 것을 비로소 알게 되는 것이
다. 우리는 주위에 나무가 있음으로 인해 하늘을 바라보게 된다.
그들은 하늘에 담긴 구름과 별과 마침내 우주를 보게 하는 고마운
존재 아닌가.

웃음을
잃어버린 사회

　　얼마 전 회사 신입사원 전형에서 자기소개서와 논술 심사를 맡을 기회가 있었다. 응시자들 대부분이 '스펙(specification)'을 남보다 더 잘 쌓기 위해 무척 힘들게 노력했던 것 같았다. 해외 연수 한두 곳 정도는 기본이었고, 해외 인턴사원 경력을 가진 응시자도 제법 많았다. 하지만 지원자들의 자기소개서를 훑어보면서 왠지 개운치 않은 느낌이 우선 들었다.

　　마치 서로가 경쟁적으로 '의자 먼저 앉기 게임'을 하는 듯했다. 먼저 자리를 차지하지 않으면 안 된다는 강박관념에 사로잡혀 날카롭게 날을 세운 글이 많았다. 예전 신입사원 심사에서 보았던, 슬며시 웃음을 머금게 하는 배짱과 낭만이 담긴 자기소개서는 찾기 어려웠다.

우리 사회가 각박해짐을 일러주는 사례 한 가지가 더 있다. 회사 근처에는 아주 착한 가격으로 뭐든지 마련해주는 후한 인심의 '수정시장'이 있다. 단골로 가는 선술집 아주머니에게 요즘 시장 분위기를 물어보았다. 대답인즉슨, 전에는 시장바닥에 사람의 정이 담긴 웃음소리가 흘러 넘쳤지만 요즘은 그렇지 않다는 것이다. 하긴 최근 시장에서 느낀 기억들을 떠올리면 마치 시장이 불만의 배출구 같은 험악한 현장을 여럿 보았던 터여서 이 말이 틀린 말이 아니라는 생각이 들었다.

'참 서로가 각박하게 살아가고 있구나' 하고 생각하고 있던 차에 주말 산행길에서 엄마의 강압(?)에 못 이겨 산에 온 듯한 한 여자아이를 스치듯 보았다. 바깥세상은 봄물이 가득 올랐는데도 아이는 풍경을 즐길 기력조차 없어 보였다. 그야말로 죽을 맛 같은 표정이었다. 모르긴 해도 집에 돌아가면 학원과 방학숙제가 산더미같이 쌓인 모양이다.

웃음을 잃어가고 있는 우리 사회의 단면들이다. 이 같은 징후가 딱히 오늘의 일만은 아닐 터이다. 모든 것을 서열화하는 경쟁 지상주의, 실업대란 속의 팍팍한 생활고, 정부의 밀어붙이기식 정책에 따른 사회적 긴장으로 인해 주위에서 웃음을 찾아보기가 어렵게 됐다.

하긴 펑펑 울어대도 시원찮을 판에 어떻게 마음 편하게 웃을 수 있겠는가? 그렇긴 해도 웃음은 '기계화된 삶에 대한 조롱'이라고 했다. 웃음이 집단의 웃음으로 승화될 때는 세상도 바꿀 수 있었다. 프랑스 대혁명의 기폭제는 보마르셰의 「피가로의 결혼」이란 이야기까지 있을 정도다. 당시 귀족 사회를 준엄하게 비판한 이 작품은 루이 16세의 어리석음(?)으로 검열도 없이 공연됐다. 그 덕택에 시민들은 기득권층을 조롱하며 실컷 웃을 수 있었다. 그런 분위기가 프랑스 대혁명의 발단이 됐다고 한다.

성을 낼 것도 분노를 터뜨릴 것도 없이, 웃음거리를 만드는 정치인과 관료들을 향해 웃어주기만 하면 되는데도 좀처럼 웃지를 못한다. 실컷 조롱하고 비판함으로써 생기는 개혁의 씨앗 씨앗을 가슴에 품으려 하지 않는다. 이제 웃을 힘마저 없어져버린 것일까? 이미 굳어진 구조에 차가운 표정으로 그럭저럭 순응하는 존재가 되어 살아가기를 이 사회는 강요할 뿐이다. 웃음이 사라지는 현상은 굳을 대로 굳은 한국 사회를 부드럽게 펼 수 있는 기회를 영원히 잃게 하는 위기적 징후가 아닐 수 없다.

작은 것 배려 않는 '슈퍼 한국'

카지노와 도박장에 없는 게 무엇일까. 거울, 창문, 시계다. 도박에 몰두하는 나를 스스로 바라보지 못하게 하고, 그 안의 세계에 집중하며 시간을 잊게 한다. 백화점과 쇼핑몰 역시 창문과 시계가 없다. 바깥세상을 까맣게 잊고 상품 구입에만 정신을 팔게 만든다.

이곳에 들어서기만 하면 조용하던 여성들마저 성공적인 쇼핑을 위해 많은 물건을 동시에 살필 수 있는 '슈퍼 능력'을 발휘한다. 마치 선사시대 여성들이 눈을 두리번거리며 주위를 살피고 풀과 작은 짐승을 동시에 채집했던 '슈퍼 능력'을 전수받은 듯이. 쇼핑 카트에 실린 아이들은 그들의 눈높이에 적당히 맞춰져 무한정 진열된 자본주의의 화려한 상품들을 세상에서 먼저 경험한다.

광고는 현실에 존재하지 않는 '유토피아'를 반복적으로 방사하고 사람들을 끊임없이 '현실 불만 제조기'로 만든다. 사람들은 소비자로 살아가며 상품의 선택과 정치적인 선택을 맞바꾼다. '나는 소비한다. 고로 존재한다' 라는 절묘한 표현이 딱 들어맞는 소비지상주의 세태다.

소비지상주의 전위에 선 대형마트와 백화점은 포화 상태에 이르렀을 정도다. 정부의 수수방관적 태도로 인해 대기업은 거대 자본을 앞세워 재래시장과 구멍가게는 물론, 동네 책방, 주유소까지 잠식해 들어갔다. 대기업의 사업 영역에 도저히 어울리지 않는 동네 미용실, 꽃집까지도 호시탐탐 노린다. 이것도 성에 차지 않았는지, 이번에는 동네 구석마다 슈퍼 슈퍼마켓(SSM)의 진입을 시도한다. 슈퍼마켓 중에서도 슈퍼라니? 못 말리는 것은 시골장터까지 SSM이 입성하고 있다는 사실이다. 시골장터는 우리 민족의 문화를 지키는 보루 아닌가.

참다못한 영세상인들이 조직적인 연대 움직임을 보이고 있다. 그러자 팔짱을 끼고 있던 정부가 부랴부랴 SSM 영업 개시 시기와 지자체 사전조정협의회 참여 대상 지침을 발표했다. 그런데 이 지침들은 결국 SSM 진입 허용을 전제로 한 영세상인 달래기 차원이란 느낌이 강하다. 줄기차게 시장의 원리를 강조하는 정부는 거대 자본의 공세에 밀려 벼랑 끝으로 내몰린 서민들을 보호하기는커녕, 스스로 경쟁력과 자생력을 키우라는 것 외에는 별다른 대안을 내놓지 않고 있다. 정부는 친서민 정책을 말로는 외치지만, 정작 SSM 허가제와 진입 제한을 주요 내용으로 하는 관련 법안은 정부와 여당의 반대로 통과되지 못하고 있다.

SSM 사태를 지켜보면서 약자를 돌보지 않는 우리 사회의 분위기가 갈 데까지 간 것 아니냐는 생각을 하게 된다. 주민들 일부는 영세상인들의 반대 운동을 이해하지 못하겠다며 오히려 꾸짖기도 한다. 물론 다양한 상품을 쾌적하고 값싸게 쇼핑할 권리도 인정받아야 한다. 그렇지만 그 같은 형태의 쇼핑은 조금만 움직이면 주위에 널브러져 있는 대형마트를 이용하면 될 것이다. 죽느냐 사느냐의 기로에 서서 절규하는 이웃에 대해 개인적 편의만을 주장하는 것은 아무리 생각해도 함께 살아가는 구성원의 도리가 아닌 것 같다.

오스트리아의 한 도시에서는 시민들이 미국 월마트가 들어서는 것을 부끄러움으로 여기며 반대 운동을 펼쳤다. 결국 월마트는 투항하고 말았다. 외국 대형마트들은 주로 도심 외곽에서 넓은 주차장을 갖추고 영업한다. 취약한 동네 상권을 보호하려는 사회구성원의 배려다.

영세상인들이 제아무리 자생력을 키운들, 그 경쟁은 다윗과 골리앗의 싸움이 될 게 뻔하다. 이를 방치하고도 '서민 정부'를 계속 외쳐댄다면 참으로 할 말을 잃게 된다. 정부가 진정으로 서민을 생각한다면 SSM 진입을 강력히 규제하는 정책을 펴야 한다. 신고만 하면 SSM을 개설할 수 있는 현재의 시스템을 허가제로 바꾸고, 매출 품목도 강력히 제한할 필요가 있다.

골목 가게는 왁자지껄하고 정감 넘치는 소통 방식으로 사람과 사람의 마음을 잇게 하는 징검다리와도 같은 우리의 소중한 장소이기도 하다. 골목 상권의 붕괴는 경제적 혼란은 말할 것도 없거니와 문화적 아우라 역시 급속도로 파괴시킬 것이다.

스타벅스와 자바커피 같은 대형 커피 체인의 공세에 굴하지 않고 55년 동안 서울 대학로 거리를 지키고 있는 '학림 다방'의 글귀가 와 닿는다. '하루가 다르게 욕망의 옷을 갈아입는 세속을 굽어보며, 우리에겐 아직 아끼고 반추해야 할 어떤 것이 있노라고 묵묵히 속삭이는, 현재에서 과거로 시간 이동하는 흥미로운 체험을 할 수 있는 곳이 여기 말고 있는가?'

영세상인들의 힘든 투쟁이 계속되는 사이, 살고 있는 동네의 작은 슈퍼에 간간이 들러 꼭 필요한 물건을 구입했다. 지날 때마다 늘 책을 읽는 모습이 와 닿았던 한 중년아저씨의 과일 행상트럭에도 들러 과일도 좀 샀다. 편리함과 물질적 풍요에 세뇌당해 조건반사적으로 대형마트로 향했던 스스로를 반성하면서…….

비싼 옷은
일하기 불편한 옷?

유명 브랜드 의류 매장 앞을 지나다가 호기심에 안을 잠깐 훔쳐보았다. 쇼윈도에 진열된 비싼 여성 의복들은 제각각 일하기에 불편하다는 것을 알리는 데 최선을 다하는 것 같았다. 입는 사람이 생산적 노동에 종사하지 않는다는 것을 뚜렷이 과시할 수 있어야 비싼 옷 대열에 끼일 수 있다.

남성들이 즐겨 입는 양복도 이와 비슷하다. 기름과 땀이 면제된 사무직 노동의 상징과도 같다. 노동자 계급의 생활복에서 유래된 스웨터도 상류 계층이 처음에는 적지 않은 거부감을 가졌다고 한다.

미국의 교육학자 루비 페인이 분석한 '말하는 양식과 행동의 계층 간 차이'가 흥미롭다. 가령, 방금 먹은 저녁식사를 어떻게 평가하는지에 따라 사회적 계급을 분석할 수 있다는 것이다. 저소득층은 '많이 먹었니?', 중산층은 '맛있게 먹었니?', 부유층은 '차려진 음식이 어때?'라고 묻는다. 또 저소득층의 재산은 '사람'이지만 중산층 재산은 '물건'이다. 이에 비해 부유층 재산은 '골동품 같은 것'이다. 가족 구성도 다르다. 저소득층은 모계 중심, 중산층은 부계 중심, 부유층은 돈 있는 쪽 중심으로 꾸려진다.

부유층은 다시 '평범한 부자'와 '슈퍼 부자'로 세분화된다. 흔히 '빌리어네어(Billionaires)'로 불리는 슈퍼 부자의 가장 큰 특징은 광속 스텔스 전폭기처럼 보통 사람의 눈에 띄지 않고 또 다른 우주에 사는 느낌을 준다는 데 있다. 슈퍼 부자들의 저택이 입구에서 본채까지 수백 미터가 되는 집들이 많다는 사실을 상기하면, 그들만의 별세계에서 '요새 국가'를 구축하고 있다는 말이 틀린 것 같지 않다.

동물학자 리처드 코니프는 세계적인 부자들의 행태를 동물의 본능적 행동과 연관시켜 분석했다. 한 예로 부자들의 파티 행위를 탄자니아 우두머리 침팬지의 권력 유지 전략과 비교한 것이다. 우두머리 침팬지는 암컷과 영향력 있는 수컷들에게 파티를 열듯이 음식을 나눠주며 지배력을 다진다고 한다.

리처드는 연구를 위해 페라리 자동차를 빌려 거부(巨富)들에게 접근했다. 하지만 부자들의 언어 습관과 행동 양식에 익숙하지 못해 그의 어설픈 연기는 이내 발각되었다. 페라리 자동차가 렌터카란 것이 밝혀져 그의 부자 흉내 내기는 결국 실패로 끝났다. 다행히 부자들의 자선적인 도움으로 연구 프로젝트는 그럭저럭 수행했다고 한다.

과시적인 소비와 계층 간 구별 짓기 속성은 한국도 예외가 아닐 것이다. 한 예를 들면 1990년대 중반부터 해외여행 바람이 불면서 외국 문화를 경험한 중·상류층이 자녀들의 생일파티를 서구식으로 치르는 문화가 확산되고 있다. 그것까지는 좋은데 최근 서울 강남의 일부 부유층에서는 아이 생일파티로 적게는 수백만 원, 많게는 1천만 원 이상 쓰는 과시용 문화가 유행한다. 장소는 대부분 특급호텔과 상류층 전용클럽이다.

생일파티는 아이들이 힘든 공부에서 벗어나 즐거운 시간을 갖게 해준다는 데 참뜻이 있다. 만든 사람의 정성이 가득 담긴 떡볶이도 좋을 것이다. 비용이 많이 드는 파티를 할 수 없는 다른 친구들의 마음을 헤아리기는 어려운 걸까? 가정 형편이 어려워 한 끼를 겨우 먹을까 말까 하는 또래 아이들의 심정을 조금이라도 생각해보았을까? 서로가 배려하는 공동체 정신을 요구하기에는 우리 사회가 너무 이기적으로 흘러 가버린 것은 아닐까? '황금 캡슐' 같은 성채에서 '그들만의 세계'를 지키려는 부자들의 군락적인 폐쇄성이 남의 이야기가 아니게 됐다.

금의 영혼,
때 묻은 영혼

플라톤의 '국가론'에는 다음과 같은 구절이 있다. '사람은 태어날 때부터 금의 영혼을 지닌 수호자, 은의 영혼을 지닌 군인, 철과 동의 영혼을 지닌 농부, 장인의 3가지 계급으로 나뉘네. 수호자와 군인은 가정과 재산을 가져서는 안 되네. 그들은 금과 은의 영혼을 이미 소유한 사람들 아닌가. 그러므로 지상세계의 금과 은은 필요하지 않네. 그것들은 인간 세계에서 너무 많은 부정한 짓을 저지르게 하는 덧없는 쓰레기에 지나지 않네. 금과 은을 만지는 것조차도 금지해야 할 것일세.' 이상 국가를 실현하기 위해 계급사회를 지나치게 설정하는 논리는 선뜻 동의하기 어렵지만, 지배계급의 엄격한 도덕성을 강조한 대목은 눈에 쏙 들어온다.

플라톤은 금의 영혼을 소유한 사람들만이 국가의 통치자가 될 수 있다고 생각했다. 심지어 그들은 부인도 공동이며, 자식들도 공동 보모가 키운다. 누가 자기 아버지인지를 구별할 수 없어야 한다. 구별이 가능해지면 가족 개념이 생겨 국사(國事)보다 사적인 일에 관심을 쏟을 가능성이 있어서다.

국회 인사청문회를 지켜보면서 '금의 영혼을 지닌 수호자'란 구절이 계속 떠오른다. 정의의 마지막 보루인 대법관 후보마저 재산을 불리기 위해 위장전입을 했다. 부동산 투기와 세금 탈루는 예사였고, 노후 대비를 위해 쪽방촌에까지 투기했다는 화려한 전력의 공직자들은 과연 어느 정도 영혼의 함량을 지니고 있을까?

하지만 그 무엇보다도 이번 청문회에서 마음을 무척 곤혹스럽게 만든 풍경 한 가지가 있다. 위장전입을 추궁하자 공직 후보자들의 시인 속도가 훨씬 빨라졌다는 사실이다. "세태를 따르다 보니 그렇게 됐다"는 투다. 심지어 청문회 의원들마저 이를 이해할 수 있다며 은근슬쩍 넘어가려 한다. 부도덕한 행태를 그들끼리는 관행으로 여기고 아무렇지 않게 생각하고 있는 듯하다. 어찌하여 공직자마저 온갖 탈법, 위법, 편법, 불법을 통해서라도 뭔가를 챙기려 하는 것일까. '정의'라는 단어는 세상 어느 곳에 숨어 있는가.

사회 구성원 각자가 필요한 만큼 마음껏 재화를 가져갈 수 있다면 정의의 문제는 발생하지 않을 것이다. 재화가 한정된 상태에서 서로 차지하려 하니 정의의 문제가 생긴다. 제한된 재화가 사회적 약자에게도 돌아가게끔 감시하는 역할을 해야 할 공직자들 아닌가. 그런 사람들이 오히려 보이지 않는 곳에서 더 바지런하게 재화를 챙겼다. 우리 사회를 과연 '정의 사회'로 부를 수 있는가.

오늘로 5년 임기의 이명박 대통령이 취임한 지 절반이 흘렀다. 이명박 정부 집권 이후 돈이면 다 된다는 '거친 자본주의'가 이런 현상을 부채질하고 있는 것은 아닌지 한번 물어보고 싶다. 물질이 최고인 나라 경영은 실용이란 이름 아래, 돈 안 되는 모든 정신적인 가치는 폐기처분할 요량이다. 공직자까지도 법 알기를 우습게 여기며 재산 늘리기에 눈이 뻘겋지 않은가. 따지고 보면 자녀 교육을 위한 위장전입도 부의 세습을 위한 방편에 다름 아닐 것이다. 이렇듯 볼썽사나운 정치인과 관료들의 뻣뻣한 태도가 훨씬 더 뻔뻔스러워지고 있다. 하지만 우리는 또다시 반복되는 풍경에 체념한 듯, 그들을 더 이상 조롱하려 들지 않는다. 가치 상실의 시대에서 서로에 대한 신뢰마저 허물어져 냉소주의가 가득한 것이다.

법을 어길 경우 매우 엄한 책임을 물어야 할 대법관 후보마저 위장전입을 서슴지 않는 사회다. 겨울에는 내복과 두꺼운 이불이 위로가 되지만 찌는 더위 속 여름엔 도무지 답이 없는 쪽방촌에까지 투기의 군침을 흘린 후보자도 있다. 그에게 '서민경제'를 책임지게 하려는 정부의 앞날은 어둡기만 해 보인다. 때 묻은 영혼의 정치인과 공직자들을 언제까지 나라의 수호자로 생각해야 하는 걸까. '영혼의 기'가 느껴지는 공직자들과 함께 희망의 노래를 부르고 싶다. 턱밑까지 훅훅 더위가 차오르는 여름날을 더 후텁지근하게 하는 우리 시대의 슬픈 자화상이다.

그대는 행복하십니까

철학자 에피쿠로스는 흔히 쾌락주의의 원조로 통한다. 하지만 그는 일반적으로 알려진 것과는 달리 매우 금욕적인 삶을 살았다. 친구들과, 그리고 친구 같은 제자들 몇 명과 함께 '에피쿠로스의 정원'으로 불린 조그만 정원에서 행복하게 지냈다. 그들은 마른 빵이 고작이었지만, 잔칫상처럼 생각하며 즐겼다고 한다. 저녁이 끝난 후 함께 춤도 추었다.

이 이야기를 듣고 왕이 에피쿠로스를 찾았다. 왕은 에피쿠로스가 퍽 호화롭고 사치스럽게 살 것으로 생각했다. 하지만 의외였다. 왕이 물었다. "'먹고, 마시고, 행복해라'는 무슨 뜻이오?" 에피쿠로스는 이렇게 답했다. "그대가 본 대로요. 그대가 행복하길 원한다면 단순해지시오. 그대가 복잡해지면 그대는 불행해지기 마련이오." 잠시 후 왕이 다시 말했다. "나는 그대에게 선물을 좀 보내려고 하오. 무엇이 좋겠소?" 에피쿠로스는 생각하고 생각하더니 이렇게 말했다. "그대는 훌륭한 왕이고, 그대는 무엇이든 줄 수 있겠지만, 우리는 필요하지 않소. 꼭 그러고 싶다면, 약간의 소금과 버터나 좀 보내시구려."

인간의 못 말리는 욕망을 다룬 예화가 있다. 고대 에피로스의 왕 피로스가 이탈리아 원정을 준비하면서 그 부하와 나눈 대화의 일부다. "왕이시여, 로마를 이긴 후에는 우리가 무엇을 해야 합니까?" "당연히 이탈리아를 정복해야지!" "그 후에는요?" "시칠리아가 우리를 기다리고 있지." "그러면 전쟁이 끝납니까?" "물론 아니지. 그것은 보다 위대한 일들을 위한 전주곡에 불과할 뿐이야. 리비아가 남아 있고 카르타고도 그리 멀지 않으니 말이야. 그 모든 전투에서 승리한 후에는 더 이상 적이 남아 있지 않게 될 걸세." "분명히 그렇겠지요. 그런데 그 후엔 무엇을 하지요?" "그 후에는 조용히 인생을 즐겨야지." "그렇다면 이곳에 그대로 머무르면서 그렇게 하면 안 되나요?"

행복이란 자기기만을 통해서가 아니라 바로 내가 행복하고 내가 웃을 수 있는 길 속에 있음을 일깨운다. 기지개는커녕 숨 한 번 변변히 내쉬지 못하는 우리들이다. 행복을 즐겨야 할 시간은 지금이며 행복을 즐겨야 할 장소도 바로 여기 아니겠는가?

하지만 톱니바퀴처럼 돌아가는 현대사회에서 에피쿠로스같이 단순하게 사는 것이 그렇게 간단하지만은 않다. 단순하게 사는 그 자체야말로 현실과의 간단하지 않은 투쟁을 요구한다. 그렇다고 하더라도 투쟁은 거대한 이념과 성능 좋은 무기만으로 할 수 있는 게 아니다. 획일적으로 관리되는 사회에 쉽게 동화되지 않으려는 개개인의 몸부림 역시 중요하다. 물질적 쾌락과 행복이 연관성이 없다는 사실은 경제적으로 어려운 나라에서 행복지수가 더 높다는 것에서도 입증됐다.

현실에 갇혀버릴 때 정신은 노예 상태가 된다. 세상은 공평하지 못하지만 누구에게나 공평한 것이 있다고 한다. 바로 '오늘'이다. 당장 오늘 기지개 한번 쭉 펴보고, 숨 한 번 크게 내쉬어보자. 그리고는 단순하게 사는 방법을 하나하나씩 깨우쳐보는 것도 행복하게 사는 것일 게다.

가을에 돈을 생각하다

가을이 성큼 다가왔다. 가지가지마다 연연했던 잎사귀들은 조만간 조락(凋落)의 휴식처로 이동할 태세다. 우주를 닮은 코스모스는 길가에서 제 몸을 여리게 흔들며 가을에 담긴 '비움의 미학'을 깨치기를 권유한다. 가을은 '왕성하면 잦아들고, 오르면 내려가고, 밀려오면 쓸려가고, 이어지면 그치는' 자연의 오묘한 조화에 대해 깊이 사유하는 철학자와도 같다.

많은 생명이 왜 삶에 미련이 없겠는가마는 가을은 이 생명들에게 미련 없이 떠나는 것이 아름다운 일임을 깨우쳐준다. 또한 영원히 존재한다는 것은 결국 추한 것이고 부질없는 것임을 설득한다. 가을이란 계절은 독특한 카리스마를 지닌 명지휘자와도 같아서 우주적 질서를 노련한 솜씨로 조율한다.

돌고 돌면서 조화로워지는 자연의 이치를 보면서, 제대로 돌아가지 않아 막혀 있는 우리 사회를 떠올려본다. 가진 자와 못 가진 자, 주류와 비주류, 다수와 소수가 돌고 돌지 않아 꽉 막힌 사회다. 하물며 돌아가야 그 생명이 빛을 발하는 돈은 그 이름값조차도 궁색하다. 비슷한 처지에 놓여 있는 사람들 사이에서만 돌고 돈다. 부자들의 기득권을 지키기 위한 연결망은 생각보다 견고해 그들의 돈은 곳간에서 좀처럼 풀리지 않는다. 제한된 파이를 놓고 서민들끼리만 아득바득하는 생존 경쟁이 치열하다.

'자본주의 사회에서 이익은 사유화되고 비용은 사회화된다' 라는 말이 꼭 들어맞는다. 부자들의 돈은 금고에 쌓여가는데 서민들의 금쪽같은 쌈짓돈은 사회적인 비용 차출에 더 많이 노출돼 있다. 부자들의 화려한 잔치에 서민들이 설거지를 해주는 꼴이다.

'많이 가진 사람에게 많이 거두고 적게 가진 사람에게는 적게 거두는 것' 이 당연지사다. 그런데 우리 사회에서는 이런 '기본' 이 실종된 지 오래다. 그 책임은 국가에 있다. 부자들의 세금 징수에 손을 놓고 서민들의 돈에는 눈독을 잔뜩 들이고 있다.

신자유주의의 원조로 불리는 영국의 대처 정권조차도 1980~1990년대 공공기업의 대규모 민영화를 진행하면서 인수 기업들의 천문학적 수익에 대해 '횡재세' 를 신설, 무려 52억 파운드를 징수했다. 물론 거둬들인 세금은 사회복지 재원으로 충당했다. 보수 정권이 들어선 독일도 1997년 폐지한 부유세를 2007년부터 부활했다. 현재 프랑스, 스웨덴, 노르웨이, 룩셈부르크와 같은 많은 유럽 국가들이 부유세를 시행한다. 세계 각국은 심각해지는 부의 쏠림을 바로잡기 위해 강력한 조세 정책을 실시하고 있다.

돈이 수평으로만 흐른다면 사회 양극화의 골은 더욱 깊어질 수밖에 없다. 돈이 자연스레 흐르게 국가가 물꼬를 터주지 않는다면 국가의 권위는 도전받게 돼 있다. 가을의 카리스마를 닮은 국가를 기대하기에는, 기업과 부유층의 '소리 없는 정복' 이 너무 깊숙이 진행됐는가? 국가가 어서 정신 차리고 기운 차려야 한다. 그런 다음 국가의 권위로 정체된 한국사회를 움직여서 막힌 흐름을 터주어야 할 것이다. 그러기 위해서 국가가 우선적으로 해야 할 일은 곳간에 갇혀 숨조차 제대로 쉬지 못하는 돈부터 해방시켜주는 것이다.

진짜 보석은
보이지 않는 곳에 있다

　다른 사람과 여럿이 있을 때 어쩔 수 없이 텔레비전 오락 프로그램을 봐야만 하는 경우가 있다. 얼마 전에도 비슷한 형편에 놓인 적이 있었다. 별 생각 없이 오락 프로그램을 보고 있었는데 곤경에 처한 출연자 한 사람이 대뜸 "뭔가 보여주겠다"고 자랑스럽게 말했다. 그러고는 한참 뜸을 들이더니 팔뚝을 걷어 올려 근육질을 뽐내는 것이었다. 아마도 남성적인 근육질로 상대방을 물리치겠다는 위압적인 의사 표현인 것 같았다.

　이 장면을 보고 우리 사회에서 '뭔가 보여주겠다' 라는 말의 의미에 대해서 곰곰이 생각하게 되었다. 우리 사회에서 대개 그것은 소비 능력, 출세 능력, 남성적 능력과 같은 물신화된 가시적 증표를 뜻하고 있었다. 잘 보이지 않는 정신의 힘, 잠재적인 상상력의 가치는 제대로 인정받지 못한다. 뛰어난 상상력을 가지고 있으면서도 '출세' 못한 사람은 '돈 안 되는 사람', '뜬구름 잡는 사람'으로 취급받기 일쑤다.

물질적이고 눈에 보이는 것만 평가받는 세상이다. 이런 세태 속에서 취업에 도움이 안 되는 인문학(문학, 역사학, 철학) 공부는 하지 않고, 취직하기 좋은 학과를 선호하는 '전과(轉科)' 바람이 불고 있다. 최근 서울대 학생 가운데 2학년을 마친 인문학 전공자 22.7%가 전공을 바꿨다고 한다. 또한 일부 대학들이 인문 관련학과를 폐지하기 시작한 것은 벌써 오래전의 일이다.

'졸업 후 당장 써먹을 수 있는 학생'을 원하는 기업의 요구에 맞추기 위해, 기업 하청부서 같은 느낌을 주는 이름의 맞춤형 학과도 이제 그리 낯설지 않다. "요즘 기술의 교체기간은 대략 7년에 불과하다. 대학 졸업 후 당장 써먹을 학생을 찾는 것은 결국 7년만 고용하겠다는 말밖에 되지 않는다"라고 말하는 한 대학교수의 하소연에 귀를 기울이지 않는다.

사회를 비판적으로 읽는 힘을 길러주며, 자기 성찰적이고, 인간에 대해 이해심을 가진 교양인으로 키우기보다는 당장 써먹을 수 있는 기능인만을 강요하고 있는 현실이다. 대학이 '산업'이 되는 순간, 교수는 지식 가공 공장의 판매원, 학생은 그 소비자로 전락하고 말 것이다.

대학가의 이 같은 풍경은 인문학적 상상력이 홀대받는 사회 분위기를 그대로 반영한다. 인문학적 상상력은 무엇인가. '보이지 않는 것을 볼 수 있고, 현재 없는 것을 느낄 수 있는' 능력이다. 이

것은 슈퍼능력이 아니다. 따지고 보면 유토피아의 뜻도 '이 세상 어느 곳에도 없는 곳' 아니던가. 그렇다면 상상력을 찾아가는 여행이이야 말로 유토피아로 향하는 첫 출발이다.

상상력이 충만한 사람들은 영원, 슬픔, 어둠, 없는 것, 무의식, 죽음과 같은 단어에도 두려워하지 않는다. 설사 물질은 곤궁할지 몰라도 정신은 해방된다. 상상력이 경제적 가치로 바로 연결된 사례도 얼마든지 찾을 수 있다. 상상력은 빙산 아래 물밑에 잠겨 있는 부분과도 같아 엄청난 잠재력을 갖고 있다. 그 잠재적 에너지는 다양한 경로를 통해 사회 발전에 기여한다.

졸업, 입학, 그리고 새 학년 시즌이다. 첫 출발선상에 다시 선 청소년들은 '뭔가 보여줘야' 한다는 중압감에 시달린다. 주눅 들지 말고 새로운 분위기 속에서 상상력을 마음껏 춤추게 하는 것이 진짜 제대로 보여주는 것이라는 것을 알았으면 한다.

'아는 것이 힘' 이란 17세기 서양 사유의 대명제에 줄곧 포박당한 우리의 청소년들이다. 기성세대들은 보이지 않는 것을 보고, 만질 수 없는 것을 만지고, 맛볼 수 없는 것을 맛보게 하는 '상상의 향연' 으로 청소년들을 이끌어야 할 것이다. 청소년들이 '상상의 축제' 를 마음껏 즐기게 격려하고 보듬어줘야 한다.

청소년들에게 가시적인 결과만을 강요해선 곤란하다. 그런 태도는 옆 못 보는 가리개를 가린 채 앞만 보고 달리게 하는 경주마를 또다시 채찍질하는 것과 같다. '옆을 못 보는' 가리개를 걷어주는 것, 그 일을 기성세대가 기쁜 마음으로 해야 한다. 강요된 레인

이 아닌, 상상력이 춤추는 세상에서 청소년들을 마음껏 달리게 해
주자. 그래야만 참세상과 진리, 그리고 영원을 읽는 능력을 키울
수 있다.

올림픽은
올림픽일 뿐

지난 올림픽 기간 내내 들었던 인사말은 '안녕하세요?' 가 아니라, '오늘 누가 이겼어요?' 였다. 누가 경기에 이기든 자기와는 아무런 상관도 없는 일이련만, 밤새 목청 높여 응원한다. 경기 결과에 발을 동동 구르며 기뻐하기도 하고, 반대로 열이 치받쳐 싸움질까지 해댄다. 상대방을 괴롭혀야, 혹은 상대방에게 적대적인 행동을 해야 승리하는 이 놀이의 정체는 과연 무엇일까. 무라카미 하루키의 표현을 빌리면 '두바이 국왕이 어제 저녁에 뭘 먹었느냐와 마찬가지로 우리 생활과는 전혀 관계없는 일' 인데도 말이다.

하루키는 올림픽 참관기 '승리보다 소중한 것' 에서 "세상에서 가장 지루한 것을 꼽으라면 올림픽 개회식은 분명 10위 안에 들 것" 이라고 투덜거렸다. 거금 10만 엔을 주고 들어간 개회식 중간에 자리를 뜬 이유를 설명하면서 '올림픽' 에 시비를 걸기 시작한다.

"현재 마라톤 경기는 1936년 베를린 올림픽 때와는 전혀 다른 스포츠같이 보인다. 당시에는 선수가 달리기를 멈추고 선 채로 물을 마시고 세면기 앞에서 세수를 했다. 이것은 매우 인간적인 행위였다. 현재의 놀랄 만한 올림픽 성적과 1936년도 성적은 비교가 되지 않는다. 집중적인 진화가 가능한 것은 우리의 투쟁심 덕택일까. 이 '대리전쟁' 덕분에 우리는 베를린 올림픽 이래 오랫동안 세계 평화를 유지할 수 있었던 걸까." 인간 한계를 시험한다지만, 실제로는 사람들의 경쟁심과 투쟁 본능을 자극시켜 '스포츠 국가주의'로 흐르는 현대 스포츠를 빗댄 말일 게다.

한국이 좋은 성적을 거둔 지난 베이징 올림픽도 국가 간의 '총성 없는 전쟁'을 연상시켰다. '총성 없는 전쟁'의 서막은 '색깔 민족주의'에서 강하게 느껴졌다. 중국인들이 가장 좋아하는 색깔은 황금색과 붉은색이다. 중국 황제가 입는 곤룡포에서 알 수 있듯이 황금색은 옛날 중국에선 황제와 황궁에서만 쓸 수 있는 전용색이었다. 이번 올림픽 개막식에서 연출된 색깔도 황금색과 붉은색이 주조를 이루었다. 축구공 역시 황금색과 붉은색을 메인 컬러로 사용했을 정도다. 베이징올림픽 중국 국가대표팀 후원사인 펩시콜라가 판촉용 캔 색깔을 고유의 파란색에서 붉은색으로 바꾸자 코카콜라 측이 자사의 상징적 색깔인 붉은색을 도용했다며 한동안 시끄러웠을 정도였다. 붉은색 바탕 위에 황금색깔의 별이 그려져 있는 중국 국기 '오성기'의 펄럭임이 마치 신중화주의의 서곡같이 느껴진 베이징 풍경이었다.

중국이 올림픽에 임하는 자세를 보면 가히 스포츠 전쟁이라고 부를 만하다. '승리는 전부가 아니다. 오직 유일한 것이다' 라며 참가선수들에게 의식 교육을 시키는 듯했다. 마치 '운동 기계' 와도 같은 느낌을 준다. 우리나라도 상황이 크게 다르지 않다. 귀한 은메달을 따고서도 억울해서 눈물 흘리는 선수가 있는가 하면, "국민에게 죄송하다" 는 아리송(?)한 말을 남긴 선수도 있다.

올림픽은 끝났다. 다시 일상으로 돌아와야 할 때다. 경제적 어려움 속에 하루하루 힘든 삶을 살아가는 서민들은 올림픽을 통해 고함도 질러대며 스트레스도 날려버렸을 것이다. 그렇긴 하지만 열광적으로 "승리! 승리!"를 외치는 동안 우리는 소중한 것들을 놓쳐버렸을 수도 있다. 현실에 대한 합리적 판단과 비판 의식이 흐려져 한 회사 광고의 '되고 송' 같이 지배세력의 '생각대로' 뭔가가 '뚝딱' 되어버리지 않았는지 모르겠다.

다시 하루키의 말이다. 그는 올림픽 마라톤에서 좋은 성적을 내지 못한 두 선수를 인터뷰했다. "승리는 두말할 필요 없이 물론 기분 좋은 것이다. 하지만 나는 승리 이상으로 '깊이' 를 사랑하고 평가한다. 때로 인간은 승리하고 때로 패배를 맛보기도 한다. 하지만 무엇보다도 중요한 것은 그 후에도 계속 삶을 살아가야 하는 것이다." 그렇다. 올림픽이 끝난 후, 승리자나 패배자는 말할 것도 없거니와 우리들 역시 계속 삶을 살아가야 한다. 올림픽은 올림픽일 뿐이다.

'말씀' 없는
오늘날 강의

얼마 전 부산의 남천동 학원가에서 학생들이 '총알 봉고'에 실려 떼를 지어 논술학원에 내리는 것을 보았다. 그 광경을 보는 순간 물음표 한 가지가 생겼다. 입시 위주의 논술학원은 정형화된 논술고사를 상정하고 거기에 필요한 '요령'과 '기술'을 가르치는 곳 아니겠는가. 가르치고 배우는 사람 간의 교감과 소통이 없는 곳에서 어떻게 꼬리에 꼬리를 물고 생각을 전개하는 창의적인 사고를 기를 수 있을지가 의아스러웠다.

고대 그리스에서 강의를 잘하는 스승은 기본적으로 말과 웅변을 잘할 줄 아는 사람이었다. 철학도 돈벌이가 된다는 인식을 갖게 해준 그리스의 소피스트들 역시 말을 잘하지 못하면 시장에서 퇴출됐다. 제자들 역시 스승의 살아 있는 말씀에 감화를 받았다.

고대의 가르침은 말들의 웅성거림에 의해 이뤄졌다. 학원과 길

거리를 구분해준 것은 단 한 장의 커튼이었다고 한다. 생각의 삐걱거리는 충돌, 열띤 토론이 오가는 '웅성거림' 그 자체였다. 철학 언어 역시 대화와 시에서부터 우화, 성명서, 잠언, 심지어 비방에 이르기까지 매우 다양했다는 사실을 알 수 있다. 스승의 말씀에 어깨 장단을 맞추며 와자지껄하게 공부했던 우리의 옛날 서당 풍경과도 닮았다. 이러한 웅성거림의 풍경이 인쇄술의 발명과 근대적 형태의 대학 강의실이 생기면서 철학 언어는 빈약하게, 그리고 조용하게 변한다.

근대 이후 서양적인 사고방식의 특징은 조용하면서도 합리적인 논리의 전개에 있다. 여기에 '잘 말하고 잘 쓸 수 있는 기술' 안 수사학이 덧붙여진다. '논(論)하다'와 '나타낸다(述)'가 합쳐진 한국의 논술은 논리학과 수사학의 한국적인 변용에 해당한다.

서구 대학입학 시험은 합리적이고 치밀한 논리 전개를 중요하게 평가한다. 그 대표적인 것이 대학입학 자격시험인 프랑스의 '바칼로레아'와 영국의 'A-레벨' 시험이다. 프랑스 바칼로레아 시험문제는 늘 사회적인 화제가 된다. 예를 들면 '참을 수 없는 것을 참아야 하는가', '역사가 심판할 것이라고 말하는 것은 정당한가'와 같이 적지 않은 사유 시스템을 가동시켜야 답할 수 있는 것들이다.

바칼로레아 철학 문제는 정치인은 물론 일반인들도 답을 풀어보며 축제같이 즐긴다고 한다. 시험 당일 저녁에는 텔레비전 방송을 통해 유명인사들과 시민들이 함께 모여 출제된 주제를 놓고 진지한 토론을 벌이기도 한다. 200년 가까이 지속돼온 바칼로레아 시험 문제들과 그것을 놓고 함께 토론하는 사회적 풍경을 보면, 프랑스 철학의 사유 깊이가 거저 생긴 것이 아님을 알게 된다.

그런데도 한국의 교육 현장은 여전히 요령과 기술을 가르치고 획일적인 사고를 주입한다. '학교종이 땡땡땡'과 '앞으로 나란히'에 의해 지배되는 획일적이고 집단적인 사고가 은연중에 학생들에게 스며든다. 독일 작가 에리카만이 말한 "1천만 명의 나치 아이들이 학교에서 배출된다"라는 경고가 아직도 한국에서는 현재 진행형일 수 있다.

교육과학기술부 역시 사교육 폐해를 줄이기 위해 교육방송으로 논술 교육을 실시하고 있다. 그런데 이 같은 발상이 오히려 더 섬뜩하게 느껴진다. 마이크를 통해 일방적으로 주입하는 논술 교육은 결국 한 사람의 생각을 많은 학생들에게 그대로 강요하는 발상이다. 자유로운 상상력을 요구하는 '글쓰기-논술'이 또 다른 획일화를 불러오는 파시즘적 교육의 진원지가 되는 것은 아닌지 생각해 봐야 한다. '단 하나의 깨우침'이라도 일깨우는 참된 '말씀'을 듣기는 정말 어렵게 된 것일까.

전지현보다
내 곁의 사람

한 휴대폰 광고가 재미있다. '전지현보다 여자 친구가 좋은 이유는 만질 수 있어서다' 라는 내용이다. 기능을 누를 때마다 진동을 느끼는 터치폰의 상업적인 성공은 현대인들이 잃어버린 촉감을 얼마만큼 그리워하는지를 잘 설명해준다.

이 광고를 보다가 빛보다 더 빠른 속도로 추진되고 있는 4대강 사업을 떠올린다. 하나둘 착공되고 있는 보(堡) 기공식 현장마다 지자체와 농민, 시민단체들 간에 마찰을 빚고 있다. 차가운 불도저의 굉음에 포근하게 휴식을 취하던 철새들도 화들짝 놀라며 날아오른다. 이 사업은 강가와 강바닥에 시멘트를 바르며 강 속에 견고한 콘크리트 구조물인 보를 설치하려는 공사 아닌가? 생태계 혼란도 혼란이지만, 일순 우리의 소중한 감각인 촉감이 사라지고 있다는 아득함이 생긴다. 개조된 공간은 잠시 매끄러울 수 있겠지만 강의 생명력과 기운을 영원히 잃게 할 수도 있다. '비움과 낮음' 으로 모든 것을 따뜻하게 품는 강을 인위적인 공간으로 바꾸려 한다.

젖은 몸을 말리려 오른 강가 너럭바위의 햇빛 머금은 보드라운 촉감도 느낄 수 없을 것이다. 강바닥의 금빛 모래가 발바닥을 간지럽게 했던 유년의 감촉은 또 어떤가. 마술사의 지팡이가 요술을 부린 듯, 신기하게 살고 있는 강 속 식구들도 찾기 어렵게 된다. 은빛 지느러미로 이리저리 헤엄치는 잉어, 울긋불긋한 각양각색의 물고기들. 그들의 비늘에서 햇빛이 반사되지 않는다면 우리의 산하에 봄이 왔다고 말할 수 있겠는가?

자기 생긴 모습대로 살고 있는 멀쩡한 산길과 흙길 역시 시멘트와 아스콘으로 덮어버린다. 저마다 나름대로의 존재 이유가 있는 지구의 작은 틈새들일 것이다. 틈새가 있는 곳에는 자연스레 물줄기가 흐르며 흙길이 생기고 뭇 생명이 살아 꿈틀거린다. 그래서 아름답다. 그런데도 인간에게 조금이라도 불편하거나 유용하지 못하면 틈새들은 그 존재를 마감해야 한다. 인간의 눈에 거슬리고 구부러진 것을 용납하지 않고, 매끄러우며 곧은 것을 추구한다. 틈만 보이면 메우려 한다. 휴식, 가라앉음, 누그러뜨림, 평정, 사색, 한가함, 호흡과 같은 언어들의 의미는 아예 받아들여지지 않는다.

촉각이 얼마나 섬세한가. 방 벽에 마침표만 한 크기의 아주 작은 물체가 하나 튀어나와 있다. 우리 눈은 100마이크로미터(1마이크로미터는 1밀리미터의 1천분의 1)보다 작은 것을 볼 수 없다고 한다. 눈으로 그것을 찾기란 불가능에 가깝지만 손가락의 감촉으로는 찾아낸다. 촉각은 이처럼 다른 감각들의 스승이다. 심원하고 철학적이어서 다른 감각들을 조화롭게 해준다. 또한 감성의 샘물과도 같은 존재이기도 하다.

최근 서로 팔짱끼거나 손잡거나 포옹하는 사람들을 많이 볼 수 있다. 사람들 간의 부대낌을 그리워해서다. 타인을 사랑할 수 있는 사람의 바탕에는 엄마 젖가슴의 따뜻한 기억을 원형으로, 흙놀이를 하던 유년의 감촉이 고향처럼 들어 있을 게다. 누군가를 꼭 안아주는 '프리 허그' 운동도 안아주는 서로의 관계 속에서 살아 있음을 느끼려는 것 아니겠는가. 부드러운 모성의 촉감이 인위적으로 단절되면서 현대인들의 근원적인 불안과 스트레스는 시작된다.

연예인 전지현보다 바로 내 곁의 사람이 더 아름다운 이유는 언제든 촉감의 혜택을 누릴 수 있어서다. 살가운 촉각에 대한 무자비한 거세는 오늘도 진행되고 있다. 인간은 자연에 '여물'을 먹여 길들여놓고는 에너지를 내놓으라며 끊임없이 닦달한다. 대지는 광물의 저장고로서, 공기는 질소의 저장고로서 인간에게 유용한 존재가 되라고 강요한다. 자연의 모든 존재를 인간의 처분에 맡겨져 있는 에너지원으로 보며 생산적인 '인간화된 자연'이 되기를 요구한다.

우리는 자연에 끊임없이 '가학의 채찍'을 휘두르면서도, 생태적으로 온화한 존재라고 치장하는 정부를 비난한다. 하지만 거기에 앞서, 촉감을 잃어버린 채 차갑고 굳은 표정으로 제 앞의 유익

만 챙기며 살아가는 우리들 안의 '작은 이명박 정부' 는 어떻게 할
것인가? 우리는 하나뿐인 지구에서 과연 살아남은 사람들인가? 차
가운 지하철 역사 의자에 앉아 전동차가 들어오기를 기다리는 사
람의 무표정하게 멈춘 얼굴이 지금 우리 모습이다. 따뜻한 감촉을
전해주던 생명의 젖줄인 강(江)마저 과연 위험한 전동차처럼 우리
앞으로 다가올 것인가?

기계라는 종족의
거침없는 하이킥

기계 앞에 서면 당황스럽기는 옛날과 변한 게 없다. 전화가 널리 쓰이기 전, 구식 공중전화기 앞에서 사용법을 몰라 당혹스러웠던 기억이 아직도 선명하다. 동전을 넣은 후 어느 순간에 대화를 시작해야 하는지, 송신기와 수신기 가운데 어느 쪽에 입을 맞추어야 하는지 난감했던 경험이 한두 번이 아니었다. 다른 사람이 사용하는 모습을 어깨 너머로 슬며시 훔쳐보고는 사용법을 마음속으로 몇 번이고 되뇌곤 했다.

요즘도 상황은 마찬가지다. 도시철도를 이용하면서 승차권을 구하느라 '동전기계' 앞에서 우왕좌왕하게 된다. 현금인출기 앞에서조차 당황스러워 한 적도 있다. 여기에 전화 자동응답시스템은 어떤가. "안녕하세요? 무엇을 도와드릴까요?"라고 일방적으로 인사를 삐죽 건네놓고는 마치 미로 게임하듯 상대방을 연결시켜

준다. 늘품 없는 서생(書生)의 입장에서는 곤혹스럽고 짜증스럽다. 그럴 때마다 드는 생각 한 가지, "기계가 하는 일을 사람이 하면 안 될까? 그렇게 된다면 일을 처리하면서 주고받는 대화가 훨씬 인간적일 테고, 일자리 확보에도 큰 도움이 될 텐데."

과학기술의 발전은 끝이 없어, 사람의 행동과 생각까지도 그대로 재현하는 기계 개발에 열중이다. 사회적 이슈가 되고 있는 '인지과학 혁명'이 기계 발전사의 꼭대기쯤 이른 단계일 게다. 인지과학은 기계를 기계가 아닌, 생물로 진화시키려는 인간의 욕망이 담긴 과학이다.

인공지능 로봇 개발은 이미 가속도가 붙었다. 게임을 할 때 굳이 손을 사용하지 않아도, 특수 장치를 부착하면 생각만으로도 게임을 즐길 수 있게 된다. 자기공명장치(MRI) 비슷한 기계로 뇌파를 분석해 사람 생각까지 짚어내는 원리다. 인문학 분야에서도 인지과학이 위기 돌파구로 심심찮게 거론된다. 사람이 애쓸 필요 없이 추상적인 개념과 생각을 계량화해 기계가 작품 비평을 하고, 심지어 작품 생산까지도 가능한 시대가 올지 모른다.

정보사회 예찬론자들이 그랬던 것처럼 인지과학 예찬론자들도 인지과학을 미래 사회의 총아로 칭송하면서 빨리 받아들일 것을 권유한다. 물론 인지과학도 잘만 이용한다면 인간 생활에 도움을 줄 것이다. 하지만 빛이 있으면 그림자도 있기 마련이다. 그 그림자 가운데 한 가지가 정보사회로 재빠르게 넘어가면서 세계가 경험했던 대량실업의 공포다. 인공 지능을 가진 로봇의 생산은 이런 현상에 가속도를 더 붙게 할 것이 뻔하다.

　제레미 리프킨 같은 학자는 자동화의 확산과 새로운 과학기술 발전으로 인해 '노동의 종말'이 다가왔음을 예고했다. "향후 30년 이내에 세계적으로 필요한 재화를 생산하는 데 세계 노동력의 2%만 필요하게 될 것"이라고 주장한다. 그리고 20년 안에 사람을 전혀 필요로 하지 않는 회사와 공장이 속속 생길 것임을 경고한다. 최근의 지식정보화 사회에 따른 심상치 않은 일자리 부족 사태를 떠올리면 이 같은 경고를 그냥 넘길 일만은 아니다.

　이런 상황으로 걷잡을 수 없이 흘러간다면 이제 인간의 진정한 행복이 무엇인가에 대해 차분히 생각해야 할 때다. 그렇지 않다면 인지과학은 결국 인간의 노동이 필요하지 않은 사회로 달려가는 데 일조할 수밖에 없다. 로봇에 의해 일자리를 잃은 노동자들의 불만은 사회 불안 요소가 될 것이다. 과학기술이 몰고 올 대량실업 사태와 그 이후를 대비하지 못하면 우리 사회의 전망은 그리 밝지 못하다. 기계의 '거침없는 진화'는 대량 실업 사태를 불러올 가능성을 항상 지니고 있다는 것이 지난 역사의 경험이었다. 오죽했으면 영국에서는 러다이트 운동과 같은 기계 파괴 운동을 벌이기까지 했을까.

　사회적 성과물은 '집단적 열매'라는 인식을 가지고 그 열매를 구성원들에게 골고루 분배하는 실천 역시 필요하다. 과학 발전이 낙관적 전망을 갖게 하려면 과학은 '인간'을 우선적으로 생각해야 한다. 인간을 도와야 할 기계가 도리어 인간에 해가 된다면 기계의 진화를 멈추게 하는 지혜도 필요하다.

'친구이면서 동시에 적' 인 기계라는 이율배반적인 종족은 인간의 일자리를 늘 위협하고 있다. 과학기술이 사람의 온기를 품지 않고 자본의 가치 증식에만 봉사한다면 사회적인 경종을 울려야 할 것이다.

'엿듣고 엿보기'
과연 괜찮은지

　얼마 전 미국을 다녀온 분의 이야기다. 그는 운전 도중 신호위반으로 경찰에 적발됐는데, 한 경찰관이 다가오는 것을 확인하고는 한국에서와 같이 마음의 준비를 단단히 하고 있었다. 미국 경찰이 친절할 것이란 짐작은 하고 있었지만 예상보다 너무 깍듯이 예의를 갖춰 적잖이 당황했다고 한다. 그분의 추측인 즉, 미국은 총기 휴대가 항상 가능한 사회여서 상대방이 언제 총을 겨눌지 몰라 예의를 갖추었지 않았겠느냐는 것이었다. 다소 주관적 해석인 듯하지만, 수긍이 가지 않는 말은 아니었다.

　미국에 언제든지 소지 가능한 것으로 총이 있다면 한국에는 휴대폰 카메라가 있다. 사실 총과 카메라의 역사는 비슷한 궤적을 긋고 있다. 1882년 물리학자 에티엔 쥘 마레이가 자연을 촬영하기 위해 고안한 '카메라 건(gun)'도 외형이 총과 똑같고 그 기능까지도 유사했다고 한다. 여기에다가 총과 카메라는 남근의 상징과 비슷하다는 연상까지 하게 한다. '필름을 넣는다(inserting)', '조준한다(aiming)', '사진을 찍는다(shooting)'는 표현 방식도 서로 비슷하다.

사진기가 발명될 무렵 사진은 대상을 완벽하게 재현하는 기술로 미술가들의 생계를 위협하는 최대 라이벌이었다. 실제로 당시에는 실직한 미술가도 많았다고 한다. 사진기는 여기서 그치지 않고 평범한 사람들의 일자리도 위협하기에 이르렀다. '노동자 시간관리'의 선구자인 테일러와 그의 제자 길브레스는 사진 연속촬영 기법을 활용, 노동 동작을 최소한도로 줄이는 방법으로 노동자 대량 해고의 단서를 제공한 것이다.

사진기는 진화를 거듭하더니 급기야 카메라폰까지 탄생해 사생활까지 침범하기에 이르렀다. 아날로그 사진기의 파인더는 더 이상 필요 없게 됐다. 카메라폰은 게임을 하는지 사진을 찍는지 잘 분간할 수 없게 안심시켜놓고는 기습적으로 공격을 한다. 최대한 민첩하고 자동화된 괴물은 언제든지 목표물을 향해 튀어오를 준비가 돼 있는 것이다.

'유비쿼터스 사회'가 진행되면서 카메라폰의 엿보기 속성은 전자태그 기술 개발에도 그대로 이어졌다. 전자태그란 깨알보다 작은 전자칩(크기 0.4㎜ 이하)에 정보를 넣어 상품에 부착하는 것을 말한다. 전자태그 한 개만 있으면 개인의 모든 정보가 제3자에게 노출될 정도로 가공할 만한 위력을 가진다. 전자태그는 옷과 소지

품에까지 부착돼 구입한 사람의 부의 정도를 측정하는가 하면, 서적을 통해서는 개인의 관심사, 심지어는 정치적 성향까지 쉽게 파악한다.

'엿듣고 엿보기' 좋아하는 사회다. 그래서 전화 거는 것도 망설여진다. 누군가 휴대폰을 만지작거리기만 해도 괜히 신경이 곤두선다. 독재자의 특징은 남의 비밀은 모두 알려고 하면서도 정작 스스로는 두꺼운 비밀의 커튼 속에 숨는 데 있다고 했다. 혹시 우리 사회가 독재자의 이 같은 특성을 닮아가고 있는 것은 아닐까? 누군가가 늘 감시하는 사회에서 살아간다는 것은 상상만 해도 끔찍한 일이다.

한국,
캡슐 속에 갇히다

얼마 전 '스폰서 검사' 사건으로 세상이 시끄러웠다. 이 사건을 보면서 애덤 스미스의 다음과 같은 말이 떠올랐다. "같은 부류의 모임에 친목을 위한 만남은 거의 없다. 거의가 꿍꿍이속이 있어서 만난다." 기득권층의 '끼리끼리 속성'을 애덤 스미스는 오래전에 알아차린 듯하다.

기득권 집단 안에서 어떤 사람의 부탁을 들어주는 것은 그에게서 직접적인 혜택을 돌려받기를 기대하기보다는, 자기가 기득권층 의무를 충실히 수행하는 같은 구성원이란 것을 알리는 '보험'을 드는 것이다. 그럼으로써 기득권층에 속해 있는 다른 사람에게 앞으로 뭔가를 부탁할 수 있을 것이란 기대감을 갖는다. 이를 '기브-앤-테이크식의 직접적인 맞바꿈'과 대비시켜 '일반화된 맞바꿈'이라 한다.

기득권층의 ‘끼리끼리’ 결속력은 인맥, 혼맥, 학맥으로 더욱 강화되는 현실이다. 부자들이 사는 아파트와 주택가는 사설 경비원과 자동인식시스템까지 두고는 집단적인 군락을 형성하고 있다.

가난한 서민은 서민들대로 ‘누더기 캡슐’에 갇혀 있다. 한 고물 수집상은 “리어카를 가득 채워봐야 4천 원 정도여서, 하루 두 끼를 무료급식소에서 해결해도 부족한 방세를 채우기가 힘겹다”라고 하소연한다. 쪽방세 10만 원도 못 내고, 제대로 난방을 하지 못해 방 안이 냉장고 같은 집도 많다. 우리 사회를 배회하는 안타까운 사연이 어찌 이뿐이겠는가.

서민들의 삶에는 이미 혹독한 겨울 칼바람이 몰아닥치고 있다. 경제 성장의 물이 넘쳐흘러 서민에게도 단물이 흘러갈 것이란 정부의 사탕 발린 약속을 기다리기에는 서민들의 삶은 팍팍하다 못해 처절하다. 상황이 예사롭지 않은데도 대통령은 “부자가 되려면 지금 주식을 사세요” 하며 경제난을 마치 남의 일같이 말한다.

중산층에서 빈곤층으로 하강 이동은 활발하지만, 그에 맞먹는 상승 이동은 거의 발생하지 않는 구조가 됐다. 사회 양극화 현상은 도저히 좁혀지지 않을 듯한 궤간을 그리며 자기가 아는 방법대로 재빠르게 달려간다. 연줄 사회의 덫에 갇혀 부자는 부자, 가난한 사람은 가난한 사람으로 대물림되는 게 우리 현실이다. 이 같은 부조리를 고발해야 할 지식인 역시 밀폐된 ‘안락 캡슐’에 안주하며 사회와의 소통을 소홀히 한다.

‘끼리끼리’ 네트워크를 바꾸려 하지 않고 더 끈끈히 결속하려는 집단을 우리는 수구집단이라 한다. 가진 것을 나누려 하지 않고, 오히려 더 많이 가지려 하는 집단이 있다면 가진 자와 못 가진 자의 격차는 더 크게 벌어질 뿐이다. 상류층이 패거리 의무만 충실히 한다면 우리 사회의 정의와 희망은 사라진다.

기득권층이 울타리를 걷어치우고 공동체 구성원으로서 의무를 충실히 수행하지 않는다면, 그것이 부메랑이 되어 어떤 시련을 그들에게 안겨줄지 누구도 모른다.

어느 섬나라
대통령의 호소

'지구온난화' 가 단연 세계적인 이슈가 되고 있다. 이런 가운데 일본의 한 일간지 기사가 눈길을 끈다. 태평양의 섬나라 키리바시가 지구온난화에 따른 해수면 상승으로 국토가 수몰될 위기에 있다는 보도다. 키리바시 아노테통 대통령이 국제사회에 보낸 간절한 호소도 함께 실었다. "우리나라는 곧 바다 속으로 침몰할 것입니다. 국제사회가 어떤 결정을 해도 살아남기에는 이미 때가 늦었습니다. 온난화에 따른 해면 상승은 우리 국민의 평온한 생활을 빼앗는 '테러' 이고, 교토의정서에 불참하는 미국과 호주는 극히 이기주의적인 나라입니다. 국민 이주정책을 검토 중입니다. 어떤 직업이라도 좋습니다마는 가급적 난민 아닌, 숙련노동자로 훈련시켜 보내고 싶습니다. 국제사회의 지원을 바라는 바입니다." 섬나라 대통령의 간절한 호소가 애잔하다.

키리바시 섬은 물론 섬의 85% 정도가 얼음인 세계 최대의 섬 그린란드 역시 생태계가 위협받고 있다. 그린란드 하면 신비한 북극광, 넓은 툰드라, 피오르드 해안, 이글루, 개썰매 같은 풍광이 우선 떠오른다. 지구온난화에 따른 이상 고온으로 그린란드는 오히려 혜택(?)을 받고 있다고 한다. 빙하가 사라지면서 수백 년간 얼음 속에 묻혀 있던 땅이 경작지로 바뀌고 있어서다. 경작지가 1980년대 76만여 평에서 현재 306만여 평으로 크게 늘었다고 한다. 이런 이유로 머지않아 그린란드가 온대지역으로 바뀔 수 있다는 분석도 있다.

그린란드가 온대지역으로 변하면 일부 주민은 반길지 모르겠지만, 지구 생태계 차원에서는 재앙에 가깝다. 기상학자들은 그린란드의 얼음이 모두 녹아내리면 지구해수면이 6m 이상 높아지고 전 세계 해안가 도시들이 침수될 것으로 전망한다. 그렇게 생각하면 얼음 덩어리가 '비명' 을 지르며 피오르드 해안으로 낙빙하는 광경을 관광객들이 마냥 좋아할 일만은 아니다.

이렇게 되면 그린란드 원주민의 시간 감각도 엄청난 혼란을 겪을 것이다. 그린란드 원주민들의 거리 단위는 '시니크' 다. 이들은 여행 중에 몇 밤을 잤느냐로 거리를 측정한다고 한다. 즉, 궂은 날이면 시니크는 늘어나고 쾌청한 날이면 줄어들어 시간과 공간을 호기롭게 같은 범주에 넣는다. 물리적 시간 '크로노스' 가 아닌, 주관적으로 느끼는 심리적 시간 '템푸스' 를 사용하는 것이다. 그린란드가 온대지역으로 변해 맑은 날씨가 많아지고 낮이 길어진다면 시니크도 크게 줄어든다.

그런데 바깥의 이런 이야기가 남의 일 같지가 않다. 우리의 경우도 해수면이 1m만 상승하면 부산 같은 연안도시가 위기에 처할지도 모른다는 주장이 꾸준히 제기되어왔다. 지나친 걱정이라고 여길지 모르겠지만, 과학자들 의견을 살펴보면 꼭 그렇지만은 않다. 과학자들은 지구 기온이 최근 100년 사이에 약 0.74℃ 올라가, 해수면은 0.3~0.4m 정도 상승했다고 말한다. 이번 세기 말에 지구 온도가 6℃가량 올라갈 수 있다는 것이다. 지구온난화가 진행되면 한반도가 아열대기후로 변해 2090년께 부산에서는 겨울이 완전히 사라질 것이란 경고도 있다.

한반도 기온이 1도 올라가면 바닷물 온도가 크게 상승하고 낙동강 유량은 최대 20%가량 감소할 것이라는 주장도 그냥 넘길 일이 아니다. 집중호우를 동반한 태풍이 많아지고 그 위력도 훨씬 세져 매미 같은 태풍이 다시 발생하면 말 그대로 대재앙이 될 것이다. 최근 칠레에 몰아닥친 위협적인 해일의 빈도 또한 높아질 것이라는 경고도 예사롭지가 않다.

어느 것 하나 해양도시 부산과 연관되지 않은 것이 없다. 시민들의 안전과 경제, 심지어 생활 패턴에까지 큰 영향을 끼칠 수 있는 사안들이다. 부산시가 이런 재난 상황에 대비해 어떤 대책을 세우고 있는지 물어보았다. 돌아온 답은 "지구온난화는 전 지구적인 현안이어서 부산시가 따로 대응하기는 힘들다"는 것이었다. '만약'의 가정에 대비해서 정책을 세우는 것은 비현실적이라는 답변도 잊지 않았다. 그렇지만 보통 사람들의 '설마'와 공무원의 '설마'는 차원이 다른 이야기다.

부산시는 지구온난화, 지진, 해일과 같은 기상재난에 어서 빨리 대비해야 한다. 만약의 경우에 대비하지 않는다면, 부산 시장 역시 키리바시 대통령과 같은 읍소를 서울이나 대구 시장에게 해야 할지도 모른다. '겨울이 사라지고 부산이 사라진다⋯⋯.' 허구 같은 이야기가 실제가 되지 않기를 바랄 뿐이다.

희생을
조금이라도 교대하자

　우리나라에서 보기 드물게 상대를 배려하는 마음들이 줄지어서 있는 곳이 있다. 교차로에서 신호를 기다리며 차례를 기다리는 차량들이다. 다른 차량이 먼저 통과하게끔 자기 시간을 희생하며 기다려주는 덕분에 다른 차들은 교차로를 안전하게 지난다. 정체가 심할 경우 의무경찰(앳된 모습이지만 여기에서만큼은 제왕적인 권위의 소유자)이 인위적으로 교통 신호를 조작해 흐름을 순탄하게 만든다. 순조롭게 물 흐르듯이 흐르는 교차로는 서로가 양보하면서 상생과 공존의 원리를 깨닫는 '희생의 교대 의식'이 숙연하게 진행되는 곳이라 할 수 있을 것이다.

　교차로 풍경과는 딴판으로, 희생을 조금이라도 교대하지 않으려는 기득권층의 욕망을 우리 사회 곳곳에서 보게 된다. 자본주의의 단물을 먹으며 기하급수적으로 재산을 불려온 자들은 그동안

받은 혜택을 조금도 양보하려 하지 않는다. "법대로 세금 내고 상
속을 시키겠다"는 어떤 대기업의 '지극히 당연한 이야기'가 언론
의 화제가 될 정도다.

통계를 보면 빈부격차 정도를 나타내는 지니계수가 IMF 이후
최고치다. 한 번 가난하면 영원히 가난하며, 한 번 부자는 영원한
부자가 된다. 부모가 '금메달리스트'이면 자녀는 가만히 있어도
'금메달리스트'가 되는 것이다. 한국 사회에서 공평한 출발을 위
한 유일한 통로였던 교육에 의한 계층 상승은 이제 그 기능을 상실
했다. '개천에서 용 난다'는 신화는 찾기 어려워진 것이다.

유목사회에서는 모든 것을 짊어지고 다녀야 하므로 재산을 모
아야 할 이유가 없다. 다음에 식량을 확보할 사람이 누구일지 아무
도 모른다. 그래서 나눔은 본능적 행동이다. 못사는 사람이 있으면
모두의 부끄러움으로 여긴다. 반면 지식정보 사회에 이르러서는
힘든 노동을 하지 않아도 정보 흐름만 잘 꿰뚫으면 일확천금도 단
숨에 거머쥘 수 있다. 뜻밖의 횡재는 나눔의 생각도 결국 멀리하게
한다. 계급과 돈, 그리고 '인생 기회'의 역전이 사실상 힘든 우리
사회다.

희생의 교대는 일방적인 양보가 아니라, 공존하는 지혜다. 기다
려 주었던 상대를 배려하지 않고 자기 차가 또 먼저 가려 한다면
기다렸던 차들은 가만있지 않을 게다. 교차로가 꽉 막혀 차들이 충
돌 직전인데도 교통경찰은 보이지 않는다. 교통경찰이 교통정리
는 하지 않고, 4대강 사업과 같이 하지 말아야 할 다른 일을 하고

있는 게 분명해 보인다. 그렇지 않다면 임무를 '깜빡' 했는지, 권위를 잃어 차량들이 말을 듣지 않는지, 소통은 이뤄지지 않는다.

정부는 교차로에서 기약도 없이 기다려온 서민층을 향해 이제는 여러분이 건널 차례라고 말로만 외친다. 하지만 돌아서면 언제 그랬느냐는 듯 기득권층에 통과 시그널을 또 보낸다. 정부가 말끔하게 제복을 차려입고 호루라기를 힘껏 불며 교차로의 막힌 곳을 시원하게 뚫어주는 일이야말로 진정으로 서민을 위한 길일 게다.

지난 서구 역사를 통해, 사회적 결과물을 공유한다는 공동체적인 배려 부족으로 발생한 충돌들을 기억한다. 그로 인해 엄청난 사회적 비용과 혼란을 치렀다. 기득권은 열린 마음으로 희생의 교대 의식에 동참해야 할 것이다. 약자를 배려하는 공동체적 선(善)이 하나둘씩 쌓여간다면 '희생의 교대'는 자연스러울 것이다. 교차로의 소통이 매끄럽지 않다면 우리 사회는 적지 않은 비용과 혼란을 치르게 된다.

진보해야 할
한국의 진보

세상이 오죽 불공평하다고 느꼈으면 철학자 알튀세르마저도 새로 짜인 판에서 주사위를 던지고 싶다는 자조 섞인 넋두리를 했을까. 이러한 알튀세르적 푸념의 한국판 버전은 가수 한영애 씨가 불렀던 「조율」일 것이다.

……

문제 무엇이 문제인가, 가는 곳 모르면서 그저 달리고만 있었던 거야
지고지순했던 우리네 마음이 언제부터 진실을 외면해 왔었는지

잠자는 하늘님이여, 이제 그만 일어나요

그 옛날 하늘빛처럼 조율 한 번 해주세요

......

둘 다 현실에 대한 불만을 깔고 있지만 한편으로는 미래의 파라다이스도 넘본다.

진보주의자는 천국이 앞에 있다고 생각한다. 그래서 항상 낙관적이며 무엇인가를 쟁취하려고 한다. 상황을 타개하는 데 있어 일시적인 타협보다는 사회의 모순을 변혁시키는 데 더 무게를 둔다. 유전적 요인은 중요한 것이 아니며, 주어진 주변 여건을 개선시키는 데 힘을 쓴다. 경쟁할 수밖에 없는 개인주의를 지양하고 공동체적인 선을 쌓아가는 데 노력한다.

보수주의자는 천국이 과거와 현재에 있다고 생각한다. 그래서 시간의 흐름은 천국에서 멀어지게 한다. 다소 비관적이며 늘 무엇인가를 지키려고 한다. 또한 기존 제도, 전통, 국가와 민족에 우선적인 가치를 두며 계급 재생산을 위해 교육에 많은 것을 투자하는 사람으로 정의내릴 수 있다.

서구 역사에 있어 진보와 보수의 두 수레바퀴는 서로가 격렬한 투쟁을 통해 맞물리며 역사를 견인해왔다. 하지만 근대적 의미의 정치가 시작된 이래 제대로 된 보수는 물론이거니와 제대로 된 진보 정치 역시 한 번도 경험해보지 못한 것이 우리의 정치 지형도다.

진보는 현재의 불만을 승화시켜 미래의 희망을 갖게 하는 가치일 게다. 그렇다면 진보적 가치와 서민층은 서로 절친한 '친구'가

되어야 옳다. 하지만 적지 않은 사람들이 한국의 '진보'를 불편하고 이물질 같은 존재로 느끼는 이유는 무엇일까? 진보 스스로가 국민이 바라는 정책 대안을 마련하는 데 무능했던 탓은 아닐까. 실천성이 없는 이데올로기의 생산은 그래서 정치적이란 비난을 받았다. 보수(保守)는 보수(補修)되고 있는 데 비해 진보는 진보하지 못하고 있다는 비아냥거림도 들린다.

진보진영은 '생활 진보 세력'으로 진화해야 할 시대적 요청을 귀담아 들어야 할 때다. 설사 '생활 진보'가 개량주의로 비난받을지라도, 그것이 진보를 풍요롭게 만드는 길이라면 반드시 가야 한다. 진보의 가장 큰 미덕은 자기 성찰일 것이다. 진보가 냉엄한 자기비판을 거쳐 국민들이 진보에 대해 가지는 막연한 불편함, 내지는 배신감을 해소시켜야 할 일이 남았다. 진보적 가치야 말로 서민과 노동자의 편이라는 것을 느끼게 하는 것이 한국의 진보 세력이 당장 할 일이다.

우리는
산촌으로 유학 가요!

물기를 잔뜩 머금은 수목들이 바깥으로 사람을 유혹하는 요즘, 얼마 전 한 소설가한테 들었던 이야기가 생각난다. 시골에서 자랐다는 그는 햇살과 바람과 습기의 깜냥만 봐도 어떤 꽃나무가 주위에 피어 있는지 알 수 있다며, 은근히 슈퍼 능력(?)을 자랑했다. 철 따라 산행을 해도 주위에 자라고 있는 제철 꽃과 나무도 제대로 분별하지 못하는 보통 사람들과 견주면 그 능력이 비범할 만도 하다.

야성 상실의 시대에서 천성적인 인간의 감각마저도 비범한 능력으로 보이는 요즘, 일본 작가 고쿠분 히로코가 지은 『산촌유학』이란 책 한 권이 눈에 쏘옥 들어온다. 애지중지 키운 외아들을 도시나 외국이 아닌, 산촌에 유학을 보낸 지은이의 경험담이다. 어릴 때 산골 유학을 간 아들 도모는 거기서 자연을 느끼는 기쁨을 "엄마 1년만 더!" "엄마 1년만 더!"로 솔직하게 표현한다. 다시 돌아

올 생각을 하지 않아 부모님께 걱정을 끼치는 정말 '신기한 유학'
이다.

도모는 학교까지 8㎞나 되는 거리를 걸어서 통학한다. 게임도
할 수 없고 스스로 밥도 챙겨 먹어야 하는 아들이 산촌 유학을 즐
거워하는 것을 보고 히로코는 많은 것을 깨닫게 된다. 도시로 돌아
와서는 스모 선수가 되겠다며 당차게 스스로의 인생을 꾸려가는
'도모'를 만나는 일은 그래서 신선하다.

우리나라도 '산촌 유학'과 같은 농촌체험 프로그램이 인기를
끌고 있다. 도시 아이들이 시골 학교에서 짧게는 4~8주, 길게는 1
년까지 시골을 직접 체험하고 돌아오는 프로그램이다. 자연에서
마음껏 뛰어놀지 못하고 아스팔트 위의 학원을 오가는 아이들에
게 못내 미안했던 도시 부모들의 선물이다.

도시의 어른들은 어른들 대로, 상당수가 귀농 의사를 밝히고 있
다. 얼마 전 농촌진흥청이 도시에 사는 40세 이상 성인남녀 1,900
명을 대상으로 조사를 하였더니 응답자의 60% 가까이가 "은퇴 후
농촌으로 가겠다"는 뜻을 밝혔다. 이를 증명하듯 시골에 정착해
자발적으로 '제2의 삶'을 선택하는 사람들을 쉽게 만날 수 있다.

"귀농은 직업을 바꾼다기보다는 삶을 바꾸는 것"이란 말이 있
다. 스스로가 원하는 삶을 능동적으로 살아가겠다는 의지다. 사람
의 눈을 가리고 몸을 결박하는 제도적 장치로부터 어떤 형태로든
포박당하지 않겠다는 절박한 외침일 수 있다. 비순응적인 삶을 실
천하는 것, 아니 그런 생각을 품고 있는 것만으로도 획일화되어가

고 있는 세상에 저항하는 한 방법일 수 있다. 겁 없이 뜀박질하는 물질지상주의 세계의 허구성을 똑바로 보는 사람이 늘어날 때 비로소 억압의 울타리를 넘어설 용기가 생기지 않겠는가.

하지만 이미 정해진 사회 구조의 소용돌이 속으로 휩쓸려가는 상황에서는 '단 한 사람의 혁명'을 실천하는 것마저도 여간 힘들지가 않다. 안정된 교수직도 사양하고 미국의 시골 오지에 정착한 리 호이나키는 이럴 때 한 가지 방법을 일러준다. "앞장선다는 두려움을 극복하기 위해 '모방할 만한' 친구를 찾으라"는 것이다. 그 친구들이 함께 모이면 서로의 힘이 축적되어 불순한 이데올로기에 의해 빼앗긴 장소를 다시 찾을 수 있다는 뜻일 게다.

귀농과 전원생활, 산촌 유학, 농촌 캠프, 그리고 텃밭 가꾸기와 같이 도시의 삶을 벗어나려는 시도들이 함축하고 있는 사회적 의미는 무엇일까? 물질을 최고로 여기는 세태에서 '사람이 돈을 먹고 살 수는 없지 않은가'라는 것을 깨달은 사람들일 게다. 최근 우리 사회에는 획일화된 삶을 거부하며 함께 동행할 '친구'를 찾는 뜻있는 여행들이 막 시작되고 있다. 자연주의자 스코트 니어링 부부도 "생각하는 대로 살지 않으면 사는 대로 생각한다"라고 말하지 않았던가.

'산촌 유학', 마음의 고향을 잃고 갈팡질팡하는 시대가 빚어낸 이 야릇한 말에서 인간 정신의 건강함을 다시 확인할 수 있다.

제대로 한번 놀아보자

휴가 시즌이 다시 돌아왔다. 이맘때가 되면 수수께끼같이 풀리지 않는 것이 한 가지 있다. 왜 사람들은 인파가 북적거리고 도로 정체 현상은 예사이며 바가지요금이 기승을 부리는 7월과 8월에 집중적으로 휴가를 가는 것일까? 사회적인 관습, 날씨 여건과 같은 이유도 있겠고, 남들이 가니까 가는 '부화뇌동형'도 있을 것이다.

정신분석학자 파트릭 르무안은 여름철에 휴가가 집중되는 현상에 대해 재미있는 분석을 내놓았다. 그는 남성 성욕과 밀접한 것으로 알려진 호르몬인 테스토스테론 분비가 휴가철에 크게 증가하는 것이 그 이유란 결론을 내렸다. 그렇다면 테스토스테론 증가와 여름철 휴가 집중 현상과는 어떤 연관성이 있을까? 동물이 출산하기에 가장 좋은 계절은 봄이다. 봄에는 풀도 맛이 좋고 젖도 풍부하며 지천에 사냥감도 널려 있다. 인간 역시 봄에 출산이 되게끔, 그 한 해 전인 여름에 남성 성욕을 집중시키는 자연의 이치가 작용한다는 것이다. 실제 에스키모 사회에서는 아직도 대부분 봄에 출산하는 전통이 있다. 즉 여름에 사랑을 주고받기 위해 여름휴가가 비슷한 때에 몰린다는 것이다.

올해 역시 휴가가 7월 말과 8월에 집중될 것으로 보인다. 사람들은 휴가 계획을 세우면서 "뭐 하고 놀지?", "어떻게 놀지?" 하며 난감해한다. 제대로 노는 방법을 모른다는 뜻이다. 어색하고 보기 싫은 행동을 할 때 '놀고 있네'라는 표현이 있는 것을 보면, 우리 사회는 '노는 것'에 대한 좋지 않은 이미지를 갖고 있는 것 같다. 또한 "바쁘시죠?"가 인사말이 듯이, 바쁘지 않으면 능력 없는 사람으로 여기기도 한다.

한국 사회에서는 유달리 워커홀릭(workaholic, 일 중독자)이 많다. 워커홀릭 현상은 국가가 개인을 책임지지 않아, 일자리가 있는 동안은 최대한 긴 시간 일을 하려는 히스테리 현상이란 분석도 있다.

'일하는 것'은 세계 최고급이지만 '노는 것'은 그렇지 않은 우리 사회에서 제대로 놀기란 여간 어려운 일이 아니다. 내면세계로 깊이 몰입하는 경우와 집단적 신명으로 걸쭉하게 놀았다면 제대로 놀았다는 이야기를 들을 수 있을까? 내면의 몰입이 안겨주는 커다란 선물은 정신과 몸의 경직성을 풀어주는 힘일 게다. 상상력을 작동하는 '정신의 놀이'인 예술 활동 역시 여기에 가깝다. 집단적 신명이 표출되는 대표적인 경우는 축제다. "축제에서 하는 놀이는 비밀과 신비를 희생시키는 일"이라는 말이 있다. 집단 구성원이 '비밀과 신비'의 거추장스러운 옷을 벗어던지고 함께 어울리면서 공동체적 연대를 느낀다고 한다.

인터넷의 출현으로 '혼자 놀기'가 유행하는 요즘, '집단의 놀이'가 사라지고 있다. 그 허전한 공간을 메우고 있는 것이 산업혁명 이후 19세기 말 유럽에서 유래된 놀이공원이다. 컨베이어 시스템같이 자동으로 이동하면 그뿐인 놀이공원에서는 애써 땀을 흘리지 않아도 스릴을 느낀다. 롤러코스터, 자이로드롭, 인공파도서핑, 워터 봅슬레이는 짜릿함과 아찔함을 함께 제공한다. 어떤 놀이공원은 동화 속 세상을 연출하기 위해 화장실에 거울도 두지 않는다.

비싸게 돈을 주고 구입한 자유이용권 본전 생각에 사람들은 정신없이 뛰어 다니지만 왠지 허전하다. 그런데도 제대로 놀아본 경험과 놀 장소가 없는 사람들은 일회성 즐거움이 보장된 놀이공원으로 달려간다. 어쩌면 현대 사회가 제각각의 캡슐에 갇혀 고립된 채 살아가는 사람들을 거기로 내몰고 있다는 표현이 더 적합할 것이다.

이번 휴가는 자본의 이데올로기가 느껴지는 '재충전' 따위의 구차한 명분은 벗어 던져버리는 것은 어떨까. 노는 것 그 자체를 즐기면서 게으름도 마음껏 피워보자. 어차피 우리는 한바탕 놀기 위해 이 세상에 소풍 온 것 아닌가?

아파트 값, 좀 올랐습니까?

> 원하는 것을 소유할 수 있다면 그것은 커다란 행복이다. 그러나 그
> 보다 더 큰 행복은 우리가 갖고 있지 않은 것을 원하지 않는다는
> 것이다.
>
> —메네데모스

간혹 주위 사람이 들뜬 표정으로 "아파트 값이 올랐다"며 별 생각 없이 내게 말을 건넬 때가 있다. 이럴 경우 다른 사람의 '불로소득'까지 함께 기뻐해줄 정도로 품새가 넉넉하지 못한 나로서는 어떤 반응을 보여야 할지 난감하기까지 하다.

불로소득까지 자랑스럽게 말할 정도로 우리 사회가 너무 물질지상주의 세태로 흘러가고 있는 것은 아닐까. 하긴 공영 방송 프로그램조차 일하지 않고서도 부자 되는 법을 꼼꼼히 알려주고 있으니, 이 정도는 별 것 아닌지도 모른다.

최근 한 연구조사에서 한국의 60세 이상 부모가 자녀와 만나는 횟수를 늘리는 유일한 변수가 ‘돈’이라는 결과도 나왔다. 한국의 효(孝) 사상마저도 배금주의(拜金主義)에 물들고 있는 것이다. 가치와 전통, 진정성 따위를 거추장스런 짐 정도로 생각하는 현대인의 모습은 우리 시대의 슬픈 자화상이기도 하다.

물질 지상주의 세태가 최근 들어 더 심해지는 것 같다. 이명박 대통령의 정치 슬로건인 ‘국민 성공시대’의 ‘성공’은 짐작컨대, 돈 잘 버는 성공을 뜻하는 것일 게다. 돈만 된다면 다른 가치는 소용이 없다는 듯 돈 버는 데 방해가 되는 것은 언제든지 폐기처분할 요량이다. 이 대통령은 경제 성장에 ‘올인’하면 국가의 경제적 파이가 커져 물이 넘쳐흘러 목마른 국민에게도 돌아간다고 주장한다. 하지만 물을 운반하는 ‘파이프라인’은 기득권층과 수도권에 치중돼 있어 그쪽에는 오히려 물이 넘치는 구조적인 모순을 만난다.

‘국민 성공시대’의 이념적 지주는 ‘실용주의’와 ‘중도’다. ‘실용’도 물론 필요하겠지만, 어느 사회든 그 사회가 추구해야 할 가치는 존재한다. 복잡한 사회가 어떻게 단순하고 산술적인 기계적 원리에 의해서만 작동될 수 있겠는가. 사회의 다양한 가치가 존중되고 그것들이 충돌, 접합하는 곳에서부터 세상은 조금씩 열리는 것이 아닐까.

물신주의와 배금주의를 가로막을 수 있는 아래로부터의 저항이 떠오르고 있다. 자본주의의 거대한 블랙홀에 휩쓸리지 말고 한 번

쯤 구조의 바깥에 서보는 용기를 가지는 것은 어떨까. 그 길이 현재로는 순진하고 대책 없어 보여도, 그렇게 하는 것이야말로 가치혁명을 향한 긴 여정의 첫 걸음마가 된다.

뜬구름 예찬

가을 해질 무렵 정체 모를 쓸쓸한 여운을 이기지 못해 오른 산, 머리 위에 떠다니는 구름들을 한참 멍하니 바라보았다. 그날따라 갖가지 형상의 구름이 바람에 날려 이리저리 겹치고 흩어지며 마술을 부리는 듯 시시각각 변해갔다. 구름 너머로 붉게 물든 햇살이 장엄하게 퍼지는 광경은 마치 딴 세상을 보는 것 같았다. 노을이 지기 전 하늘에서 구름과 해가 소용돌이치는 듯한 모습은 뭔지 모를 변화를 예고하는 듯하다.

가을은 구름이 아름다운 계절이다. 망설이듯 흘러가는 구름은 정해진 형상이 없다. 스스로를 단정 짓지 않는 그 모습이 여러 가지 상상과 호기심을 불러일으킨다.

특히 가을 구름은 그 부드러운 기운이 지상까지 전해져 땅의 무거움을 들어 올려주는 것 같다. 우리가 지상에서 마주치는 생활의 무거움을 기중기처럼 가볍게 살짝 끌어준다. 지상에 내린 구름 그림자는 구름 발자국과도 같아, 침묵의 언어로 잠시 동행하는 친구가 된다. 먹구름은 먹구름대로, 슬픔과 우울함이 없는 삶은 기괴한 삶임을 보여주는 듯하다.

하지만 무엇보다도 구름의 귀한 존재감은 현실을 벗어난 다른 곳으로 안내하는 데 있지 않을까? 그러고는 진짜 삶이 어떤 것인지 살짝 맛보게 한다. 그렇다고 해서 구름이 현실 밖에 존재하는 것이 아니다. 구름은 바로 우리 머리 위에 있다. 삭막한 도시 속에서 우리는 구름의 존재를 가끔 잊고 살 뿐, 구름은 현실의 머리 위에 있다. 구름을 바라보면서 우리는 하늘과 우주까지 보는 시야를 확대해 새로운 세계에 눈을 뜨게 된다.

구름을 무척 좋아했던 헤르만 헤세는 구름을 "천국과 가련한 이 지상 세계 사이에 끼어 양편 모두에 속한 채 모든 사람들의 아름다운 동경의 비유로서 떠 있다"라고 했다. 말하자면 이 지상의 꿈이다. 그는 하늘과 땅을 연결해주는 매개체로 구름을 보았던 것이다.

현실을 벗어난 이상적인 세계를 바라볼 때 "뜬구름 같다"는 이야기를 들을 것이다. 그럴 때 헤세의 이 구절은 적지 않은 용기를 준다. 또한 누군가가 현실적인 대안이 뭐냐고 물어보았을 때 '이의제기'도 가능하다. 모순된 현실을 바꾸려면, 결국 현실과 다른 비현실적인 상상을 해야 하지 않느냐는 '이의제기' 말이다. 우리가 흔히 대안이라고 일컫는 것도 현실을 인정하는 바탕 위에서 하는 다른 생각에 불과하다. 오히려 우리는 현실에서 더 황당하고 이해하지 못할 일들을 많이 겪지 않는가.

당장 보이는 세계에 안심하는 사람들은 정신의 영역을 현재 인식 가능한 개념의 울타리에 제한하려 한다. 보이는 것은 통제할 수 있지만, 보이지 않는 것은 언제든지 불안하므로 잘 인정하려 하지 않는다. 단언할 수 없지만 이들은 잘 보이지 않는 구름 따위는 별로 좋아하지 않을 것 같다.

우리 사회에서 어떤 형태로든 '뜬구름 잡는 일'에 가담하고 있는 사람들이 적지 않다. 예를 들자면 예술인들은 물론, 각 분야에서 제도와 현실주의의 벽에 갇힌 진보주의자들이 그런 경우에 해당할 게다. 하지만 이들은 습관처럼 정해진 시선의 움직임을 쫓아 하루하루를 살아가는 우리들이 정신의 노예가 되지 않게끔 일깨우는 역할을 하고 있다. 표준화되지 않은 싱싱한 언어들은 그 생명력으로 사회를 바꿀 수 있는 강력한 무기가 결국 될 것이다.

우리가 아직 가지 않은 세상, 구름 너머의 세상을 어떻게 현재의 논리와 수치로만 설명하겠는가? 머지않아 행복지수는 구름이 얼마만큼 우리 가까이 있는가로 측정하는 날이 올지도 모를 일이다.

거의 모든 것이 숫자로 관리되는 실용 사회에 주눅 들어 스스로를 유익하지 않다고 생각하는 사람들이여, 어깨 쭉 펴고 가을 구름 한번 바라보면 어떻겠는가. 그 순간 새로운 세상이 바로 우리 머리 위에 있다는 사실을 발견하는 기쁨을 누리게 될 것이다.

10명당 1명이
실업자?

언론학자이자 시인인 엔첸스베르그는 노동자들의 샘솟는 힘을 이렇게 표현했다. "입법되려고 하는 비상사태에서는 단 한 가지 방식으로만 대응할 수 있을 것입니다. 저항으로, 파업으로, 그리고 사보타지를 통해서. 한때 폼을 내던 것이 덜컹거리고 있습니다. 그렇습니다, 그것이 두려워하고 있습니다. 공격을 끊임없이 하는 자들을, 접시 닦는 기계를 위해 자기 권리를 팔아버리지 않는 자들을, 우선적으로 생각되고, 감시되고, 수용되고, 정리되고, 지정되고, 배치돼야 하는 자들을 가장 두려워하고 있습니다. 그들은 노동자입니다."

하지만 엔첸스베르그가 마냥 찬사를 보냈던 노동자들은 거친 '터보 자본주의' 아래에서 이제 그 힘을 잃었다. 자본은 입맛대로 노동자를 취사선택할 수 있게 됐고, 노동은 자본의 입맛에 맞추기 위해 굴복의 시간을 보낸다.

마르크스 역시 오래전 "노동자가 자본가 없이 생존할 수 있는 것보다, 자본가가 노동자 없이 더 오랫동안 생존할 수 있을까"라고 되물었다. 노동 해방의 시대는 가능해도 자본이 세상을 지배하는 시대는 오지 않는다는 확신일 게다. 하지만 마르크스의 이 예측은 틀렸다. 자동화 시스템, 지식정보사회, 그리고 첨단 금융사회로의 완벽한(?) 진화에 의해 자본은 노동 없이도 얼마든지 생존 가능한 시대가 됐다. 몇 년 이내에는 경영자 한두 사람과 허드렛일을 하는 용역직원 몇 사람으로 운영되는 회사가 대부분이 될 것이란 전망도 있을 정도다.

사실상 실업자 수가 400만 명에 이르렀다는 우울한 이야기가 들린다. 인구 10명당 1명이 실업자일 정도로 실업자가 거리에 깔렸다는 통계다. 실업은 어쩌다 오는 위기가 아니고 일상적으로 맞닥뜨려야 할 삶의 일부가 된 것이다.

자동화 공정에 따른 대량생산시스템은 많은 일자리를 앗아갔다. 21세기 지식정보사회는 정신노동과 관련된 일자리까지도 빼앗고 있다. 최근에는 금융지식으로 무장하면서, 돈을 상품이 아닌, 머리(허공)에서 벌어들이는 첨단 금융 자본주의로까지 진화했다. 제조업이 사라지는 '무게 없는 경제'의 도래다. 지식정보사회의 '완벽한 성공'이 많은 사람을 실업의 공포에 시달리게 한다. '가치 실현적 삶'이 '살아남기' 식 생존의 장으로 변할 때 개인은 극도의 고립감 속에서 파편화되고 분절화되는 것이다. 결국 대안적인 상상력을 잃어가고 민주적 공동체를 만들 의욕과 시간은 줄어든다. 이 같은 상황에서 과연 민주주의가 가능하기라도 할까?

　노동 없는 경제, 노동 없는 시장으로 달려가는 한국 사회의 편향된 흐름을 막아야 한다. 제조업과 중소기업을 집중 육성하는 '무게 있는 경제' 시스템으로 다시 돌아갈 필요가 있다. 그 다음에 '사회적 서비스 일자리'를 늘리는 정책적 상상력을 발휘해야 한다. 사회복지사 한 명이 담당해야 할 주민 수가 무려 약 3,900명에 이를 정도이며, 이는 선진국과 비교해 턱없이 부족하다. 한국에서 사회적 일자리를 가장 잘 만들고 있는 곳이 교육 분야란 냉소적인 이야기도 있다. 학원 강사, 과외 교사, 각종 교재 시장, 학원 전단지 인쇄 배달 시장은 그야말로 최상의 서비스를 제공한다.

　국민적 합의를 거친 후 직업군인 제도를 실시하는 것도 생각해볼 만하다. 그러면 실업난 해결에도 도움을 줄 것이다. 타율적인 군복무에서 해방된 젊은이들은 자유롭고 재기발랄한 생각과 창의력으로 사회에 기여하게 될 것이다. 튼튼한 사회안전망을 갖추고 일하기를 원하는 사람에게 일자리를 줄 수 있는, 기본기를 갖춘 정부를 기대한다.

저 좀
채찍질 해주세요

영국 유학을 마치고 귀국한 후, 아이들의 한국 적응도 생각해서 처음 몇 주 동안은 아무런 학원에 보내지 않았다. 그러자 아이들이 더 난리였다. "친구들이 모두 다니니 빨리 학원에 보내 달라"고 보채는 것이다. 결국 '이게 아닌데' 하면서도 몇 군데 학원에 보냈다. 얼마 지난 후 딸아이에게 "힘들지 않아?" 하고 물었더니 "뿌듯해요"라는 의외의 대답이 돌아왔다. 이 말에 '남들 다 하는 공부인데 나도 하지 않으면 불안하다' 라는 뜻의 조바심이 묻어 있는 것 같았다. 영국에서의 딸아이의 발랄했던 모습은 찾아보기가 힘들어졌다.

우리의 교육 현실에 쓴웃음을 머금게 하는 이야기가 하나 더 있다. 과학과 수학에 재능이 있어 최근 열린 '전국과학경진대회' 에서 금상을 받은 조카아이 이야기다. 학원에 가기 싫다고 하루는 칭

얼거리더니 이내 마음을 돌려먹고는 "엄마, 이럴 때는 저 좀 채찍질해주세요"라고 스스로를 다독이며 학원으로 향하더라는 것이다. 한참 뛰어놀아야 할 어린아이들조차도 기계처럼 공부하고 습관처럼 학원에 다니는 것을 체념적으로 받아들이는 현실이다.

제아무리 달려도 다른 사람들이 함께 달리니 제자리에 머물기 위해서는 죽을힘을 다해 뛰어야 하는 게 우리 현실이다. 더 빨리 가기 위해선 지금보다 두 배는 빨리 달려야 한다.

줄 세우기 경쟁은 본질적으로 상대방에게 얼마나 더 큰 손해를 입힐 수 있느냐 하는 경쟁이다. 이런 현상이 사라지기 위해서는 '학부모 의식이 개선돼야 하며 극성과 과욕을 버려야 한다', '획기적인 정부 정책이 마련돼야 한다' 라는 해법들을 내놓고 있다. 하지만 과연 학부모 의식이 바뀌고 개혁안을 내놓는다고 해서 우리 교육 현실이 갑자기 달라질 수 있을까?

'부모는 멀리 보라 하고, 학부모는 앞만 보라 한다. 또 부모는 함께 가라 하고 학부모는 먼저 가라고 한다' 는 한 공익광고가 있다. 참교육 실현을 위해 '부모' 가 되기를 권유하는 광고다. 하지만 우리 사회가 어떻게 학부모들만 질책할 수 있는가. 한 번 실직하면 삶의 기반이 송두리째 흔들려 멀쩡한 가장들마저 졸지에 거리로 내몰리는 부실한 국가 안전망을 똑똑히 목격하지 않았는가. 학부모들이 허약한 국가를 믿지 못하고 자기 자녀를 챙기는 것은 어찌 보면 당연하다.

최근 조사에 따르면 세계경제협력개발기구 회원 가운데 한국

아이들의 삶의 만족도가 꼴찌로 나타났다. 학벌주의가 판을 치는 한국 사회에서 아이들의 육체와 정신은 단단히 감금당한다. 우리의 안쓰러운 아이들은 자기만의 공간과 시간과 의지와 휴식도 없다. 오직 공부하지 않으면 딱히 할 일도 없다. 우리 아이들은 어찌하여 한참 뛰놀고 상상하며 몸과 마음을 가꿔야 하는 축복의 시기를 비틀거리며 통과하는 것일까. 낙오하지 않기 위해서 채찍질을 해달라는 마조히스트적인 사회, 이대로 놔둬서 될 일이 아니다.

기계 민족주의와
기후 민족주의

"한 조각의 쇠나 나무의 열기가 우리(미래파)에게는 이미 한 여인의 미소나 눈물보다 더 정열적이다." 이탈리아 미래파는 기계가 뿜어내는 근육질적인 이미지를 찬양하며 아름답다고까지 표현했다. 단순한 물질에 불과한 기계에 이데올로기와 생명을 주입했던 것이다.

이탈리아 미래파는 다른 서유럽 국가들에 비해 후진국이어서 공업화를 서두르던 이탈리아의 특수한 상황을 반영한다. 이런 이유로, 빠른 속도로 사회를 개조하려 했던 파시즘과도 조우하게 된다. 파시즘은 '기계 민족주의'와도 연결돼 있다. 세계 최고와 세계 맨 처음의 기계에 대해 집착하는 기계 민족주의는 '대중 조작'에도 이용돼 파시즘 체제의 불만을 해소하는 기제로 작동했다. 한편으론 민족적 자긍심을 불어넣어 국민들의 전쟁 동원에 적지 않은 기여를 하기도 한다.

생활필수품도 변변하게 만들지 못하던 소련이 지난 1957년 세계에서 처음으로 인공위성 스푸트니크호 발사에 성공한 것이 단적인 예다. 독일 히틀러 역시 애드벌룬 형태의 '비행선'을 세계 처음으로 제작해 주변 국가에 공포와 동경심을 함께 불러 일으켰다. 히틀러가 직접 제작을 명령했던 폴크스바겐사의 국민차 '비틀(딱정벌레)'과 이탈리아 무솔리니의 피아트사 지원 명령도 같은 맥락이다.

최근 들어서 중국이 유인우주선 '선저우호' 비행에 연이어 성공했다. 승용차는 제대로 만들지 못하면서 10만 개가 넘는 부품이 들어가는 우주선 비행에는 국가적 역량을 총동원시켰다. 우주선의 비행 성공을 애국심과 민족의식으로 연결시켜 국가적인 단결과 통합을 꾀한 것이다. 또 빈부와 도농 격차에 따른 사회적 양극화의 불만을 해소시킬 출구를 찾았다는 데서도 중국 정부는 기뻐하고 있다. 우주선은 국가 이데올로기가 배회하는 지구를 떠나서 넓은 세상으로 향하고 있지만, 각국 지도자들은 여전히 편협한 국가주의의 덫에 갇혀 있다.

'기후 민족주의'라는 용어도 있다. 지리학자 엘스워스 헌팅턴은 문화가 발전하기 위해서는 자연재해 없는 쾌적한 기후가 필수적이라고 주장했다. 서유럽과 북아메리카 같은 지역이 여기에 속한다는 '기후 결정론'이 그 요지다. 아리스토텔레스 역시 생각이 비슷했다. 그는 그리스가 주변 야만인 지역(주로 페르시아)에 비해 기후가 쾌적해 문화가 발달했다고 주장했다. 기후가 문화 발전은 물론 인간 능력까지 결정짓는다는 이 같은 주장은 '서구 우월주의'라는 비난을 받았다. 서구 사회가 발전하게 된 이유를 축복받은 기후에서 비롯된 것으로 보았던 것이다. 결국 비서구권은 아무리 노력해도 서구를 추월하지 못한다는 인식마저 깔려 있다.

하긴 대형 재난이 아시아와 중남미 지역에 집중되는 현상을 볼 때, '기후 민족주의'가 완전히 그릇된 주장만은 아닌 것 같다. 하지만 강력 허리케인들이 최근 들어 미국을 순식간에 재난의 땅으로 만들고 있다. 허리케인에서부터 지구온난화에 따른 기상 이변, 이상 한파, 대형 지진에 이르기까지 자연재해는 서구와 비서구권을 가리지 않는다. 최근 한국의 기상 이변을 지켜봐도 기상 재난이 남의 일만은 아니게 됐다. 세계 기상학자들은 한반도 주변의 해수면 온도가 가파르게 상승하는 현상을 주시하며 대규모 기상 이변을 경고한다.

옛사람들은 바람이 부는 것을 지구가 숨을 내쉬는 현상으로 생각했다. 서쪽 찬바람이 불면 서쪽에서 해가 지면서 숨을 거칠게 내쉬는 것으로 풀이했다. 강력한 허리케인과 태풍처럼 자연이 분노의 거친 숨을 내쉬기 전에 자연과 더불어 사는 지혜를 배워야 할 때다.

‘콩글리시’면 어때

우리 말 발음도 겨우 할까 말까 한 아이들이 재잘거리며 영어학원 봉고차에 오르는 모습을 본다. 저 아이들이 학원에서 오로지 영어로 말하고 쓴다면 생각하는 방식도 영어식으로 닮아가지 않을까? 결국에는 영어권 아이들과 비슷하게 생각하고, 비슷하게 상상하며, 비슷하게 결정을 내릴 것이다. 특정 계층에서는 아이들 혀를 잘 굴리기 위해 ‘혀 수술’까지 마다하지 않는다는 소식도 들린다.

줄 세우기 경쟁 시스템 속에서 영어가 평가 도구가 되고, 영어 능력이 곧바로 ‘영어 권력’이 되는 세태다. 그래서 학부모들은 ‘어학연수와 유학을 꼭 보내야 하는 건가?’, ‘형편도 어려운데 영어에 어느 정도 투자해야 하는가?’ 따위의 걱정에 불안하다.

아파트 단지 안에 영어 전용 구역을 마련해놓았다며 소비자를 유혹하는 아파트 광고도 있다. 어떤 학교에서는 정해진 구역과 시간에 영어만 사용하게 한다. 여기에다가 대학 캠퍼스 안에서는 시국을 고민하던 대자보가 자취를 감추었고, 토익, 토플, 텝스 시험 현수막들만 펄럭거린다. 한 해에 토익, 토플 시험에 드는 비용만 해도 대략 800억 원을 훌쩍 넘을 것이란 추산이다. 또 해외 어학연수, 유학으로 사용되는 비용도 한 해 7조 원에 이른다고 한다.

그뿐인가. 경기도 영어마을을 시작으로 각 지방자치단체마다 경쟁적으로 영어마을 유치 경쟁에 뛰어들었다. 부산도 예외가 아니다. 영어마을로는 성에 차지 않는 듯, 정부는 제주도에 영어전용도시를 만들겠다는 파격적인 발상도 내놓았다. 서귀포의 115만 평 부지에 대규모 영어전용타운을 지어 학생들이 1~2년간 거주하면서 영어로만 생활하고 수업을 받게 한다는 것이다.

어학연수와 유학에 적지 않은 사회적 비용이 들자 고심 끝에 내린 결정으로 이해하고 싶다. 하지만 사교육비 절감에 얼마만큼의 효과가 있을지는 회의적이다. 처음에 '반짝' 했던 경기도 영어마을은 효율성이 낮아 구조조정 중이지 않은가. 적자 보전에 해마다 220억 원의 세금이 들어간다고 한다.

영어마을은 세계 어느 곳에서도 찾아보기 어려운 기묘한 공간이다. 한국 정부가 앞장서서 많은 예산을 들여 만들어주겠다고 하니 영어권 국가들로서는 쌍수를 들며 반길 일 아닌가. '문화제국주의'의 씨를 한국에 직접 뿌리지 않아도, 정부가 스스로 알아서 씨를 뿌리고 열매까지 바친다. 이쯤 되면 "언어의 힘을 결정하는 것은 결국 그 언어 사용자들"이란 말에 저절로 공감이 간다.

한 나라의 언어는 사용자들의 오랜 역사와 민족정신을 담고 있다. 특정 언어는 그 민족의 사상과 상상력, 그리고 신화를 생성시킨다. 파푸아뉴기니 토착 언어는 영어로는 도저히 표현할 수 없는 토종 새들에 대해 수백 개의 고유한 이름을 부여했다. 알래스카 원주민 말에는 ‘눈(雪)’ 과 관련된 수많은 어휘가 존재한다. 우리 민족도 마찬가지다. 공동체 의식과 ‘농사’, ‘밥’ 과 관련한 다양한 어휘를 사용한다. 명태, 동태, 황태, 생태와 같이 먹을거리와 관련된 우리말 표현이 풍부한 것도 비슷한 예다.

누구나 악기를 다룰 필요가 없듯이 누구나 영어를 잘할 필요가 없다. 영어가 필요하다면 영어 전문가를 집중적으로 육성하면 될 것이다. 영어권 사람들은 영어 발음을 완벽하게 구사하는 외국인(주로 흑인)을 그쪽 문화에 쉽게 동화된 사람으로 판단한다. 프란츠 파농은 이런 현상을 ‘검은 얼굴, 하얀 가면’ 으로 불렀다. 서툰 발음이지만 오히려 당당하게 영어를 말하는 사람을 주체성 있는 외국인으로 여기며 호기심을 가진다.

‘콩글리시’ 에 주눅들 것이 아니라 당당하게 ‘콩글리시’ 를 구사해보는 것은 어떨까. 또한 외국인이 한국을 찾았을 때 우리말을 먼저 건네보는 것도 괜찮은 방법이다. 그 외국인이 우리말을 모른다면 기본적인 회화 몇 개 정도 가르쳐주자. 외국여행을 하면서 그 나라의 기본적인 의사 표현 정도도 모르고 오는 것은 예의가 아니다. 이런 생각들이 차곡차곡 쌓이면, 목적이 아닌 수단으로서의 영어가 보이게 된다.

곳곳에서 영어 배우기 바람이 일고 있다. 텔레비전 오락 프로그램마저도 영어 배우기가 소재가 된다. 사회 한편에서는 소수국가 언어와 마찬가지로 한글도 자연적으로 소멸할 것이므로 빨리 영어를 공용어로 채택하는 길만이 살길이라고 주장한다. 영어 권하는 사회, 그 이면에 담긴 문화소멸의 징후를 읽어내야 할 때다.

'혼혈 예찬'

봄바람에 꽃가루가 눈꽃처럼 흩날리는 계절이다.('가루' 란 단어는 식물의 입장에서는 불쾌한 용어다. 종족의 번식과 관련된 신비한 현상을 두고 인간들이 '가루' 란 단어를 가볍게 붙이지 않았는가.) 저기 저 어찌할 바 모르는 듯 흩날리는 꽃가루는 가려고 하는 목적지가 있을까 생각해본다. 식물 역시 자가수분(동물은 근친교배)의 폐해를 잘 알고 가능하면 멀리 있는 짝을 찾기 위해 여기저기 떠돌아다니는 것이다.

어떤 식물은 자기 몸에서 합일하는 자가수분을 피하기 위한 장치로 암술머리를 수술보다 높은 곳에 자리 잡게 한다. 수술 꽃가루가 암술머리에 닿지 않게 하려는 의도다. 이 외에도 도라지꽃, 복숭아꽃, 질경이꽃 같은 경우는 인간의 '남녀칠세부동석' 과 같이 암술과 수술의 성숙 시기를 서로 다르게 한다.

‘민들레 홀씨 되어’의 노랫말처럼 토종민들레는 타가수분의 전형적인 예다. 꽃가루를 산들바람에 맡겨 로맨스를 싹틔운다. 하지만 서양민들레는 다르다. 로맨스는 둘째고, 급하면 혼자서 처리하는 자가수분과 처녀생식(수정 없이 씨앗을 만드는 현상)까지 서슴지 않는다. 이런 이유로 서양민들레는 번식력이 매우 강하다.

식물 성장 단계에서 우리를 애석케 하는 것은 꽃잎의 낙화다. 식물이 수정되기 위해서는 꽃가루와 꿀, 그리고 아름다운 꽃이 있어야 한다. 연약한 식물에게는 당연히 벅찬 일이다. 그래서 식물은 일단 수분을 마치면 더 이상 꽃잎에 에너지를 투자하지 않는다. 식물의 광합성 작용에 의해 에너지를 생산하는 잎은 오랫동안 붙어 있는 반면, 꽃잎은 결국 지게 된다.

철학자 미셀 투르니에는 에세이 「내혼(內婚)과 외혼(外婚)」에서 식물의 자가수분에 해당하는 인간의 내혼 관습을 비판한다. 여기서 내혼은 ‘순혈(純血)주의’, 외혼은 ‘다문화주의’에 가깝다. 투르니에는 “지금까지도 내혼제 원칙이 우세하다. ‘너무 가까운’ 인척보다는, ‘너무 먼’ 사람끼리 결혼해서는 안 된다는 원칙이 더 중요하다. 백인남자는 흑인종과 황인종 여자와, 부자는 못사는 사람과 결혼해서는 안 된다는 것이 그런 예”라고 말했다. 내혼의 이면에는 기득권층의 영역을 견고하게 하려는 의도가 깔려 있다고 본 것이다.

단일민족이라는 신화를 갖고 있는 우리 역시 오래전부터 ‘외혼(外婚)-혼혈’에 대해서 비슷한 편견을 가져왔다. 전통적인 농경사회에서는 땅을 떠날 수가 없다. 만나는 사람도 늘 정해져 있다. 다른 사람을 속이면 따돌림당하고, 따돌림당하면 달리 갈 곳도 없기에 괴롭다. 그래서 자기를 믿게 하는 행동을 상대방에게 보여주게 되며, 상대방도 대범하게 믿어주는 '믿음의 습관' 을 갖게 된다. 그런데 바깥의 낯선 사람에게는 그런 관계망이 축적돼 있지 않다. 여간해서는 낯선 사람을 믿지 않는다.

하지만 혼혈이 다산(多産)적이며 생물학적으로도 멋진 조화를 일궈낸다는 데는 별 이견이 없다. '순종 약세, 잡종 강세' 란 진화의 법칙이 적용되는 것이다. 멀리 갈 것도 없이 골프 황제 타이거 우즈와 미식축구 스타 하인즈 워드를 보면 잘 알 수 있다.

국내 신혼부부 8쌍 중 1쌍이 외국인과 결혼할 정도로 국제결혼이 증가하고 있다. 2020년이 되면 국내 혼혈인 수는 167만 명에 이를 것이라는 전망도 있다. 이런 추세를 반영하듯, '노마드(유목)' 와 '하이브리드(잡종)' 가 우리 사회의 새로운 키워드로 떠올랐다. '잡종' 에는 경계를 자유롭게 가로질러 소통하는 '섞임의 미학' 이 있다. 이와 대조적으로 차이를 불편하게 여기는 순혈주의는 '패거리 문화' 를 생산하기 마련이다.

지구 역사상
맨 처음 하녀는?

지구 역사상 맨 처음 하녀는? 엥겔스가 내린 답은 '여자'다. 이 답은 '가부장제가 남성이 여성 노동력을 합법적으로 착취하기 위해 고안된 것'이란 진보적인 여성주의자들의 입장과도 닿아 있다. 이들은 남녀 구별 없이 함께 일하고 분배하는 '공산주의적' 모계 사회가 특정 시기에 이르러 가부장제에 의해 전복당했다고 보았다. 즉, 가부장제는 자본주의 발명품이란 것이다.

따지고 보면 원시시대에는 남녀 일이 따로 없었다. 그러므로 여성은 사회적 차별의 대상이 아니었다. 그러다가 농경사회가 되어 여성의 역할이 정해지면서 여성은 통제당하기 시작한다. 가부장제를 통해서는 재산의 세습이 이뤄졌고, 여성은 그 혈통을 잇는 수단으로 여겨졌다.

특히 산업 혁명 이후에는 공적 영역과 사적 영역이 분리돼 가정에서 여성의 역할이 뚜렷이 정해진다. '가정'과 '일'이 분리되는 '성별 노동 분업' 현상이 발생한 것이다. 가정이 '비정한 자본주의 세계에서의 안식처' 역할을 수행해야 하는 순간, 여성은 가정과 남자에게 예속되고 말았다. 여성은 사적 공간에서 아무런 대가를 받지 못하는 정서(감정)노동자가 돼야 한다.

자본주의 아래서 한참 일을 해야 할 때는 남자는 남성성이, 여자는 여성성이 강조된다. 그러다가 나이가 들면 여자는 남자같이, 남자는 여자같이 변하는 경우를 흔히 볼 수 있다. 변한다기보다는 인간의 원래 속성인 남성성과 여성성, 즉 '이중의 성'을 회복하는 단계로 볼 수 있다.

사회가 변해 '이중의 성'이 복원되고 성 역할마저 바뀌면서 여성의 사회 진출이 늘고 있다. 한편으론 남성의 가정 진출 역시 꾸준한 증가세다. 실직 후에 주부 역할에 적응해가는 남자의 모습을 코믹하게 그린 텔레비전 드라마가 인기를 끈 것도 그러한 반증이다. 많은 사회에서 남자는 남성적인 것이, 여자는 여성적인 것이 건강하다는 생각에 서서히 반기를 들기 시작한 것이다.

이와 함께 남성과 여성의 언어도 해방되고 있다. 여성들의 사회 진출은 남성들의 거칠고 공격적인 언어를 순화시키는 데 적지 않은 역할을 한다. 남성 역시 '가정 언어'를 사용하기 시작하면서 어떤 변화가 보이기 시작했다. 이전의 남성들은 가정이라는 사적인 공간에 익숙하지 못해 부부싸움만 생기면 여성들의 '말의 논리'에 패하기 일쑤였다. 앤서니 기든스의 표현을 빌리자면 '친밀성의 구조변동’에 제대로 적응하지 못한 탓이다. 하지만 이제는 부부싸움을 할 때도 웬만한 말싸움에 그다지 밀리지 않는다.

여성의 사회 진출이 크게 늘었지만 사회적인 대우는 거의 개선되지 않고 있다. 여성의 일자리는 절대적으로 부족하고, 그나마 거의가 비정규직이다. 자본주의 발달사는 여성이 어찌할 수 없는 거대 구조에 포박당해 가정에 구속됐다는 것을 일러준다. 이제 우리 사회가 앞장서서 여성(女性)이 여성(女聲)을 당당하게 낼 수 있게끔 도와줘야 한다. 구조적인 불공평의 꼬인 매듭을 풀어가는 일에 남성들이 힘을 적극 보태지 않는다면 그 매듭은 쉽게 풀리지 않을 것이다.

렛 잇 비

웰빙 붐이 일고 있다. 속도의 시대에 포박당해 숨소리도 제대로 못 냈던 느림, 여유, 게으름의 의미들이 기지개를 편다. 속도와 물질을 지양하고, 이제는 '내면을 들여다보겠다'는 취지는 반길 만하다. 하지만 이런 붐이 오히려 자연을 거스르며 흘러가고 있는 것은 아닌지 살펴봐야 할 것이다.

자연 친화를 내세우는 웰빙이 실제로는 그렇지 않은 사례를 흔히 본다. 웰빙 개념의 아파트와 전원주택마저도 외부와 공기 흐름을 어렵게 만드는 단열재 사용을 예사롭게 한다. 영국에서 공부하던 시절, 살던 집이 사시사철 춥게 느껴졌다. 영국 집 대부분이 벽돌집인데다가 단열재를 웬만해서는 쓰지 않아 바깥과 통기, 통풍이 잘 되었던 것이 그 이유다. 처음에는 영국 집의 튼실하지 못한 구조에 '툴툴' 거리기도 했다. 하지만 우리의 황토집처럼 바깥과 자연스러운 공기 소통이 건강에 더 좋다는 사실을 알고 난 후부터는 생각을 바꾸었다. 따지고 보면 우리나라는 지나치게 단열재를 많이 사용해 한겨울에도 더울 정도 아닌가. 또 여름에는 에어컨을 켜지 않으면 지내기가 어렵다.

냉방기가 돌아가는 아파트 실내 러닝머신에서 인위적으로 땀 흘리며 운동하는 것이 진정한 웰빙 생활은 아닐 게다. 별 생각 없이 공기청정기를 사용하는 것도 마찬가지다. 사람들은 대개 살 집을 고를 때 접근성은 물론 집값 상승의 가능성까지도 기대한다. 그런데 그런 곳은 대개 인구밀도가 높은 중심지역이어서 좋은 공기까지 기대하기는 어렵다. 편리함과 돈은 물론 좋은 공기까지 얻고 싶으니 인위적으로 공기를 '펌프질' 하는 것이다. 접근성이 좀 불편해도 공기가 좋은 지역에서 살면 저절로 웰빙을 할 수 있는데, 그러지 못하는 것이 우리 인간의 어리석음인 듯하다.

웰빙(well-being)의 뜻은 그야말로 잘 있는 것이다. 인간이 웰빙하려면 자연도 웰빙해야 한다. 그런데도 '자본주의는 밤에 빛을 발휘한다' 는 것을 마치 증명이라도 하듯, 우리의 밤은 너무 밝다. 밤에 눈 좀 붙이려 하는 나무들에게까지 장식용 전구를 친친 감아 놓는 가학적인 행위를 한다. 밤을 잃어버린 나무들의 혼돈을 조금이라도 생각해보았을까. 제발 밤을 밤 그대로 둘 수는 없는 것일까. 오죽했으면 하이데거는 존재의 경이로움을 알지 못하는 현재의 자연 착취형 인간들을 대책이 없다며 포기하기에 이르렀을까.

지금 인류는 인류 역사상 가장 대대적으로 자연을 파괴하는 시대에 살고 있다. 그 인간의 오만함은 인간의 정신이 경이로운 자연현상을 설명할 수 있다고 믿게 만든다. 하지만 데이비드 롱펠로우가 "인간은 자연과는 아무런 연관이 없는지도 모른다. 자연은 방대하고 놀라운 것으로서, 우리가 아는 것같이 어머니인 대지가 아니다"라고 경고한 것에 더 공감이 간다. 비틀즈의 '렛 잇 비' 노랫말 '그대로 내버려두세요. 그게 유일한 방법입니다'를 되새겨본다.

제발, 나 좀 내버려둬!

미국의 한 심리학자는 '너와 나'가 갖는 공동체적 의미를 동물 실험을 통해 입증했다. 갓 태어난 원숭이를 어미로부터 떼어내 철저한 보건양육시스템으로 키우는 실험을 했다. 그 결과 보통의 원숭이 어미가 길러낸 새끼보다 더 튼튼한 원숭이로 성장하기는 했다. 하지만 혼자 자란 이 원숭이는 무리에 섞이자 동료에게 극도의 적개심과 난폭성을 보여 무리에서 쫓겨났다고 한다.

인간 세상 역시 '관계'다. 나 혼자는 살 수 없다. 하지만 현대사회는 개인을 파편화시키기만 한다. 또한 느끼고 싶은 것만 느끼게 하고, 대화하고 싶은 상대하고만 대화하는 '선별적 지각'까지 가능하게 했다. 이 같은 '경험의 개인화'로 인해 공동체적 유대감은 단절된다. TV와 휴대폰, 그리고 컴퓨터가 이러한 '경험의 개인화' 현상의 원인을 제공하는 삼총사가 아닐까 한다.

TV는 오직 한 가지 소리, 오락의 소리만 고집한다. 오락물만 전달하는 것이 아니라 거의 모든 전달 내용이 오락적 형식을 담고 있다. 추구하는 지상의 목표는 박수갈채일 게다. "TV를 없애지 않고 세상을 바꾸려 하는 것은 무기를 버리지 않고 세계 평화를 바라는 것과 같다. TV는 자연과 타인으로부터 멀어지게 하고 인간의 감각 구조를 혼란스럽게 한다."『텔레비전을 버려라』의 저자 제리 맨더는 이렇게 외친다.

제리 맨더가 반(反) TV 전사가 된 계기가 재미있다. 그는 한때 잘 나가던 광고회사 임원이었다. 광고로 밥벌이를 하던 어느 날 여행을 하다가 눈부신 풍경과 마주한다. 하지만 이상하게도 TV에서 본 듯한 그 풍경이 너무 낯설게 느껴졌다. '왜 그럴까' 하고 찬찬히 생각해보았더니 TV에서 보았던 장면들이 그와 우연히 마주친 풍경 간의 자연스런 소통을 방해했던 것이다. 그는 TV를 자연과의 만남을 통해 이루어지는 일상적인 자극과 반응을 왜곡시키는 주범으로 지목한다.

우리나라 국민들 거의가 매일 3시간 정도 TV를 본다는 통계가 있다. 80세까지 산다면, 10년을 TV 앞에서 보내는 꼴이다. 오웰은 우리가 증오하는 것이 우리를 파멸시킬까봐 두려워했다. 반대로 헉슬리는 우리가 좋아서 집착하는 것이 우리를 파멸시킬까봐 걱정했다. TV에 대한 중독은 헉슬리의 경고를 떠오르게 한다.

휴대폰 역시 사회 구성원을 고립화시키는 현상에 가속도를 붙게 하고 있다. 요즘 우리나라에서 한 달에 1천 건 이상의 문자메시지를 주고받는 청소년들이 많다고 한다. 손끝이 보이지 않을 정도로 휴대폰 키패드를 눌러대는 '고수 엄지족' 들이 증가하고 있다. 청소년들은 예전같이 자연스럽게 대화를 주고받는 방법을 잘 모른다고 한다. 휴대폰이 없으면 불안한 정도를 넘어, 생존하는 것조차도 어려워 보인다. 이쯤 되면 휴대폰을 인체에 포함시켜 '5장 6부' 가 아닌, '5장 7부' 로 부를 만도 하다.

청소년들의 '제발, 나 좀 그냥 내버려둬(please, leave me alone)' 라는 개인 지향적 의식은 사회정치적 현상에 대해서 둔감하게 만든다. 청년문화가 대안문화 내지는 대항문화로 승화되기를 기대하기에는 우리가 너무 깊숙이 정보화사회를 통과한 것은 아닐까 하는 회의마저 든다.

결국 휴대폰은 진화에 진화를 거듭하더니 마침내 스마트폰까지 출현했다. '스마트폰 폐인족' 이란 말까지 있을 정도로 고개 숙이고 스마트폰을 만지작거리는 사람들을 주위에서 흔히 볼 수 있다. 각 매체에서 '미래 정보시대의 완결판' 으로 떠들어대고 있는 이 '신기계' 마저도 다른 '신기계' 앞에서 언제 자리를 내줄지 모른다. 너무 과도한 실시간 정보는 사람들로 하여금 사색의 공간을 빼앗아 결국 세상을 삭막하게 만들며 분절화시키는 역작용도 갖고 있다.

'실시간 세상' 은 아주 멀리 있는 것들을 불러내지만, 정작 처음부터 우리 가까이에 있었던 소중한 것들을 쫓아내고 있다. TV 앞에 습관적으로 앉고, 휴대폰 메시지를 습관적으로 날리는 것도 중독이다. 당연히 금단현상도 있다. 집안 한쪽으로 TV 치우기, TV 코드 자르기, 리모컨 고장 내기 같은 방법을 한 번쯤 시도해보는 것은 어떨는지? 스마트폰과 휴대폰에게도 용기를 내어 1주일 정도 작별 인사를 고하며 새로운 삶의 형태를 경험해보는 것도 괜찮겠다. TV와 휴대폰을 끄면 사람과 진정으로 만날 수 있는 새로운 삶이 켜질 것이다.

생텍쥐페리는 이렇게 말한다. "네 장미를 그렇게 소중하게 만드는 것은 바로 네가 장미를 위해 정성 들여 쏟은 시간이야." 우리는 살아가면서 이해관계에 의해, 혹은 사회적인 연결망 구축을 위해 많은 사람을 건성으로 만난다. 하지만 우리는 과연 그 사람들을 만났다고 할 수 있을까? 수많은 사람 가운데 오직 '한 사람', 또 그 다음에 오직 '한 사람'이 되려는 순일한 진정성이 쌓여간다면 이 세상은 좀 더 살 맛 나는 세상이 되지 않겠는가.

더 작게, 더 가까이,
더 느리게

　최근 들어서는 '얼마나 많은 사람이 걸어 다니는가'를 공동체 건강의 지표로 측정하기도 한다. 폐쇄적인 철골 구조의 자동차와 달리, 걷기와 자전거 타기는 열린 마음으로 골목과 시장, 동네 구석구석까지 누빌 수 있다. 천천히 가다 보면 곳곳에서 인정 넘치는 '연대의 삶'을 경험할 수 있는 것도 혜택이다. 버스는 다른 사람과 나눠 쓰는 '나눔의 미학'을 지니고 있다. 하지만 두꺼운 철골을 이고 다니는 자동차는 시동을 켜는 순간 세상과 분리된다.

　독일 문화연구가인 볼프강 작스는 자전거가 갖는 사회적인 의미를 이렇게 묘사했다. "갇혀 지낸다는 두려움으로부터 해방을 자동차는 약속했다. 하지만 도처에 자동차가 있어도 아무도 도착하는 사람이 없고, 아무와도 유대가 이뤄지지 않는다. 자동차를 통해 보는 시각은 공간을 죽이고, 모든 공간을 단순한 수송 루트로 만들어버린다. 자전거는 그 움직임의 자유로 인해 어느 누구도 제약을 받지 않는 민주주의의 이미지를 그려낸다. 자전거는 삶의 방향을 스스로 이끌어가면서 단순한 고객과 소비자로서의 생존을 거부하는 '비순응주의적'인 삶을 원하는 사람에게 어울리게끔 설계되어 있다."

유럽의 도시에서는 자전거와 자동차가 도로 위를 함께 다니는 것을 쉽게 볼 수 있다. 자전거 탑승자는 손으로 갈 방향을 다른 차량에게 알린다. 그러면 자동차는 속도를 늦추거나 멈춰야 한다. 이 시스템에 익숙한 유럽인들은 자전거에서 수신호를 보내고는 후방도 살피지 않고 바로 방향을 튼다. 그런데도 사고가 거의 발생하지 않는 게 신기하다.

유럽에서는 자전거 도로를 조성할 때 사회 가치에 대한 대대적인 토론이 벌어졌다고 한다. 대안적인 삶에 대한 진지한 고민이었다. 차폭을 줄이면 차량은 불편할 수밖에 없다. 결국 시민들은 지금껏 누려온 자동차 기득권을 포기해야만 하는 상황이었다. 치열한 토론 끝에 시민들은 '더 크게, 더 멀리, 더 빨리'가 아닌, '더 작게, 더 가까이, 더 느리게'로 향하는 문화적 변화를 선택했다.

자동차로 10만㎞를 운전하면 공기 중에 1㎏의 납을 불어넣는다는 말이 있다. 편리만을 추구하는 테크놀로지의 과잉 발달에 따른 폐해가 심각한 지구온난화를 불러온다. 어느 정도의 불편함을 감수하더라도 '느린 삶'을 추구하려는 사회적인 공감대가 어느 때보다 필요하다. 과연 지구가 존재하지 않는다면 경제적 발전에 따른 인간 세상의 풍요로움이 무슨 소용이 있겠는가. 늦은 감이 있지만 우리나라 도시들이 경쟁적으로 자전거 도로를 조성하겠다고 한다. 인간적인 도시 풍경이 현실화되려면 시민 스스로도 대안적 삶에 대한 의미를 성찰하고 이를 실천하는 자세를 보여야 한다.

공부, 그리고 커닝

공부는 살아가면서 늘 붙어 다니는 적이자 동지이다. '피할 수 없으면 즐겨라' 는 말이 있듯이, 공부도 즐겁게 할 수 있다면 얼마나 좋겠는가. 하지만 막상 그렇지 못한 것이 인지상정이다. 그래서 일본의 한 교육 상담가는 즐겁고 효율적으로 공부하는 요령을 일러준다.

구체적인 방법으로, 공부하는 학생 책상을 벽에 붙여놓지 말 것을 권유한다. 사람들은 항상 자기 후방에 공간이 있는 것을 두려워한다. 그래서 집중하기가 어렵다. 이외에도 줄이 그려져 있는 노트도 구입하지 말라고 충고한다. 필기할 때 삐뚤삐뚤하지 않아 편리하겠지만, 자유로운 생각 여행을 방해한다는 것이다.

학습 효율성과 관련해 심리학자 에빙하우스의 망각곡선 이론도 참고로 할 만하다. 에빙하우스는 16년간에 걸친 연구 결과를 바탕으로 같은 내용을 10분 후 복습하면 1일, 1일 후 다시 복습하면 1주일 동안 오래 기억을 할 수 있다며 주기적인 복습을 추천했다. 이 이론에 따르면 참고서 3권을 1회씩 보는 것보다 1권을 3회 반복하는 것이 더 효율적이다.

최근 한국직업능력개발원은 15세 학생들의 '학습 효율화 지수'를 분석한 결과 경제협력개발기구 30개국 중 한국은 22위로 조사됐다고 밝혔다. 한국 학생들이 공부에 투자하는 시간에 비해 효율성은 많이 처진다는 것이다. 멍하니 책상 앞에 앉아 있지만 공부하는 시늉조차도 하지 않으면 왠지 불안한 학생이 많다는 뜻이다. 강요에 의해서보다는 스스로 공부하는 방법을 차츰 터득해가는 것이 더 효과적일 테다.

'열공' 하지 못한 학생들은 시험 때 커닝의 유혹에 젖어들기 마련이다. 커닝이란 '교활한' 의 뜻을 가진 단어 'cunning' 에서 유래한 '콩글리시' 다. 정확한 영어 표현은 '속이다' 라는 뜻의 'cheating' 이다. 커닝은 '지우개에 공식 쓰기', '책상과 벽에 볼펜으로 깨알같이 쓰기' 와 같은 고전적인 유형에서부터 최근의 최첨단 기기를 사용하는 수법에 이르기까지 진화를 거듭해왔다.

커닝을 하려는 응시자와 이를 방지하려는 쪽의 팽팽한 줄다리기는 양쪽 모두 기상천외한 방법을 총동원한다. 조선시대 과거시험에서는 시험 감독관이 열 개의 도장을 갖고 다녔다고 한다. 커닝이나 예비 커닝 행위를 발견하면 수법에 따라 각기 다른 도장을 시험지에 찍고 당락 판정에 참고했다.

‘커닝의 6가지 도(道)’에 관한 유머도 매우 재미있다. “제1도는 감독자 특성과 공부 잘하는 학생의 위치를 아는 것, 이를 ‘지(智)’라 한다. 제2도는 감독자가 바로 옆에 있어도 과감하게 실행하는 것, ‘용(勇)’이라 한다. 제3도는 커닝한 답이 이상해도 의심치 않는 것, ‘신(信)’이라 한다. 제4도는 남이 들킨 것을 안타까워하는 마음, ‘인(仁)’이라 한다. 제5도는 들켜도 출처를 밝히지 않는 것, ‘의(義)’라 한다. 제6도는 보여준 사람보다는 성적이 약간 낮게 베끼는 것, ‘예(禮)’라 한다.”

얼마 전 사법시험 응시생이 ‘커닝 페이퍼’를 몰래 훔쳐보다 적발돼 향후 5년간 모든 공무원 시험을 볼 수 없게 된 적이 있다. 법관을 선발하는 사법시험에 당연한 처벌이란 의견이 지배적이다. 하지만 한편에서는 온갖 ‘반칙’이 난무하는 세상에서 너무 엄격한 잣대가 아니냐는 의견도 있으니, 이를 어떻게 받아들여야 할지 난감하다.

영화 〈길〉에서
씨알 사상을 보다

페데리코 펠리니 감독의 〈라 스트라다(La Strada, 길)〉는 내가 좋아하는 이탈리아 영화 가운데 하나다. 영화 〈길〉은 유랑극단의 슬픈 눈을 가진 여자 어릿광대 젤소미나와 차력사 잠파노가 주인공으로 나온다. 애절한 트럼펫 소리가 가슴을 저미는 주제곡은 살아가면서 '혼자' 임을 느낄 때 들으면 제격이다. 트럼펫 선율에 홀리듯 이끌리면 마음은 벌써 길을 떠나 정처 없이 흐른다. 우리는 젤소미나가 걷던 그 순한 길, 착한 길로 인해 인간의 영혼을 믿게 된다.

주제곡도 아름답지만 젤소미나와 피에로가 주고받는 대화도 잔잔하게 마음을 울린다.

젤소미나 : 난 쓸모가 없어요. 어느 누구에게도 도움을 못 주

는 불필요한 존재예요.

피에로 : 세상의 모든 것들이 거기에 있는 건 다 이유가 있어

　　서래요.

젤소미나 : 그걸 어떻게 알죠?

피에로 : 나도 잘 몰라요. 사실은, 그건 하나님밖에 모르죠.

　　이 돌멩이도 분명 이곳에 있는 이유가 있는 거지요. 젤소

　　미나도요.

세상에 존재하는 모든 것들의 가치는 사용 가치가 아니라 존재 가치임을 일깨워주는 명대사 아니던가.

장마가 잠시 졸고 있는 사이에 찾아가본 산에는 집중호우가 내려 산길 곳곳이 파헤쳐지고 낙석이 널브러져 있다. 하지만 신기하게도 이름 모를(이름을 알지 못하는) 들꽃과 풀잎들은 겨우 몸을 누일 정도의 거친 공간에 붙박여서 그 질긴 생명력을 유지하고 있다. 금과 은으로 만든 금속상자 속에 갇힌 이들은 생명의 노래를 부르지 않고 춤추지도 않을 것이다. 지구 식물 전체의 4분의 3 정도를 차지하는 이들이 없다면 지구는 황량하기 그지없을 게다.

꽃씨와 풀씨를 함께 뜻하는 우리말은 '씨알'이다. 이 '씨알'에서 싹튼 '씨알 사상'은 바보새 함석헌 선생과 그의 스승인 다석(多夕) 유영모 선생의 핵심 사상이다. '풀뿌리 자치, 생명과 평화'라는 담론과 들어맞아 최근 국내외에서 핵심적인 철학 연구주제로 조명받고 있다.

　함석헌 선생은 "야무진 눈을 가지고 대듦의 정신으로 밝는 날만 기다리는 것이 씨알의 마음이다"라고 했다. 선생은 남의 종이 되는 일, 인간성을 잃고 기계가 되는 일, 남의 구경거리가 되는 일에서 벗어나서 제 소리를 내자고 했다. 풀씨가 소나 말의 뱃속을 지나서도 싹을 틔우고 꽃을 피우듯, 민중도 억압을 뚫고 힘차게 살아난다고 낙관했다.

　유영모 선생은 죽기까지 일일 일식(一食)과 명상을 실천했다. 선생은 "인심(人心)을 줄이는 것이 일식(一食)이요, 도심(道心)을 늘리는 것이 명상이다. 우리 삶에는 정의나 진리의 신념이 있어야 한다"라고 강조했다.

　씨알 사상을 본격 조명하는 학술대회들이 씨알의 가치를 새삼 일깨워주는 마중물 역할을 해주기를 기대한다.

제 2 부

'소통'을
공부하러 간 영국

한국, 일본의 변방
아닌가요?

영국에서 공부할 무렵 '탈식민주의 이론' 수업 시간이었다. 담당 교수가 타자(他者)를 설명하면서 백인과 흑인의 관계만을 언급했다. 황인종에 대해서는 일절 언급이 없는 데 대해 의아스럽기도 했고 기분도 그리 좋지 않았다. 그래서 불쑥 "서구의 아시아 침략사를 볼 때 타자에는 황인종도 포함되는데 왜 백인과 흑인의 관계만 이야기하느냐"라고 따지듯 물어보았다. 그러자 그 교수는 약간 당황한 표정으로, 흑인의 범주에는 황인종이 물론 포함된 것이라고 해명했다.

서구의 진보적 학문에 속하는 탈식민주의 이론조차도 타자를 언급할 때 이렇게 백인과 흑인과의 관계를 주로 다룬다. 동양을 말할 때는 정신적인 것은 차이니즈(Chinese), 경제적인 것은 재패니즈(Japanese)다. 영국의 경우만 하더라도 동양적(Oriental) 하면 대개 차이니즈(Chinese)로 통한다. 동양인을 보면 거의가 중국인으로 생각한다. 이런 상황에서 '한국'은 아예 끼어들 틈이 없다.

한국과 일본이 월드컵 축구를 공동개최하기 전에는 한국의 존재조차 모르는 사람도 많았다. 한국에 대해서 들어본 적이 있는 사람들조차도 한국을 그저 동양의 작은 나라, 심지어는 일본의 변방 정도로 여겼다. 한일 월드컵 축구 당시, 대한축구협회가 적극적으로 나서 월드컵 명칭을 '코리아-저팬 월드컵'으로 결정(결승전은 일본에서 여는 조건)했다. 그러자 지명이 도시-주-국가 순으로 연결되는 서구에서는 저팬의 코리아 시(市)에서 월드컵이 열리는 것으로 알았다는, 우스갯소리 같은 실제 이야기가 있다.

이런 이유에서 국내 대기업은 외국 소비자들에게 특정 제품을 세련되게 광고하면서도 정작 한국제품이라는 그 어떤 암시도 하지 않는다. 한국 정부는 해외 대기업들이 한국의 국위와 이미지를 드높인다고 자랑스럽게 떠들어대는데 말이다.

당시 한국무역협회 영국지사에 일하던 한 간부 말에 따르면, 특정 제품이 영국 소비자들에게 한국 제품으로 인식되면 당장 판매율이 낮아진다는 것이다. 한국 상품이 인기가 많지만 그것이 한국 제품이라는 것을 아는 사람은 드물며 거의가 일본 제품으로 착각한다.

이런저런 이유로 한국에서 건너온 나에게 영국인이 보여주었던 친절이 진심에서 비롯된 것일까 하는 생각도 해보았다. 제국주의 시절, 신사의 매너에 대해 교육받았던 그들이 '덜 개화한 종족'에

게 보내는 동정심 내지는 훈련된 표정은 아니었을까 하는 의구심
마저도 가끔 들었다.

운동하기 힘든 나라

영국은 시야를 확 트게 하는 편편한 지대가 많아 운동하기에 좋을 것으로 보통 생각하기 쉽다. 하지만 꼭 그렇지만은 않다. 이른 봄부터 가을 중반까지는 날씨가 무척 상쾌하다. 특히 여름에는 습기가 거의 없어 한국의 이른 가을 날씨같이 선선한 느낌을 준다. 그러다가 늦가을에서 겨울철에 접어들면 빨리 어둑해지고 비가 오는 우중충한 날이 많다. 여기에다가 산책이나 조깅을 하려면 웬 달팽이가 그렇게 땅에 많이 기어 다니는지, 마음 약한 사람은 그 위를 통과하기가 여간 어려운 게 아니다. 학교 운동장마저도 협소하고 학교 출입이 여간 까다롭지가 않아 사용할 엄두를 내기가 어렵다.

또 주위에 우리같이 친근한 산도 없어 산에 오르기도 힘들다. 웨일즈와 스코틀랜드 지역에는 일부 산악지역이 있지만 그곳의 산은 길도 없이 관목으로만 무성하게 덮여 아예 오르기가 어려운 산이다. 영국에 머무는 내내, 마음만 먹으면 언제든 찾았던 바로 곁의 산, 부산의 황령산이 그리웠다. 근처 황령산을 '정원' 같이 여기며 호기롭게 산책하던 때가 늘 그리웠다.

영국인에게 한국의 70% 이상이 산악지대라고 하면 신기하게 여기며 "와우, 원더풀"이 바로 나온다. 넉넉한 품새의 산길 사이사이로 사람들이 즐겁게 산행을 즐긴다고 하면 부러워하는 표정이 확연하다. 영국인들은 주위에 조그만 언덕이라도 있으면 '힐'이라는 지명을 붙이고 좋아한다. 그래서 지명에 '힐'이 붙은 지역은 주로 부유층 거주지역이며 집값도 비싸다.

영국의 바다 역시 웬만해서는 한 번 친해지기가 어렵다. 모래사장도 거의 없거니와 바닷물 온도도 차가와 수영하기가 퍽 힘들다. 바다를 찾은 사람들에게 그곳 바다는 그저 관조의 대상일 뿐, 인간에게 먼저 손을 건네려 하지 않는다는 느낌을 주었다.

영국과 비교하면 우리나라는 운동하기에 참 좋은 여건을 갖고 있다. 마음만 먹으면 인근의 산에 가서 좋은 공기를 마시며 스트레스까지 날려 보낸다. 학교의 넓은 운동장도 언제든 열려 있어 주민들이 운동하기에 안성맞춤이지 않은가.

운동하기가 쉽지 않은 영국에서 골프는 이런 이유로 생겨난 스포츠가 아닐까 하는 생각을 해보았다. 하지만 운동하기에 천국인 우리나라에서는 생태계를 파괴하면서까지 골프장을 짓는다. 오죽했으면 우리나라와 같은 산악지대에 골프장을 짓는 것은 '사막에

서 수영장 짓기와도 같은 것' 이라는 말이 나왔을까? 골프를 치기
에는 힘든 한국의 지형이다. 형편도 안 되는데 너무 '골프 골프'
하며 외치지 말고 차라리 순한 산과 바다, 아니면 언제든 열려 있
는 인근의 학교 운동장으로 가면 어떻겠는가.

마인드 갭(Mind Gap)!

'마인드 갭(Mind Gap)'. 런던 지하철에 오르내릴 때마다 들을 수 있는 안내 방송이다. 처음에는 그 뜻을 몰라 궁금해 하면서도 승객들에 떠밀려 전동차에 오르곤 했다. 조금 지나서 그 뜻을 알게 됐는데, 전동차와 승강장의 '틈새를 조심하라' 는 주의 방송이었던 것이다.

틈새를 조심하라. 이 말에는 가진 자와 못가진 자, 주류와 비주류, 자본과 노동의 벌어진 틈새를 메우기 위해 끊임없이 투쟁해온 영국의 정신이 고스란히 담겨 있다고 해도 틀린 말이 아니다. 사회의 벌어진 틈새를 주목하고, 그 간격을 좁힐 수 있는 사회복지를 잘 만들자는 정신이 바로 '마인드 갭' 일 게다.

영국은 지난 보수당 정권과 노동당 정부의 잇따른 복지예산 감축으로 다른 유럽 국가에 비해 현재로는 복지 시스템이 그렇게 좋은 편은 못 된다. 하지만 노후연금, 건강보험, 실업수당, 무상교육과 같은 공적 부조를 통해 개인이 절망적인 상황에 맞닥뜨려도 최소한의 생계비를 보장해주는 '마인드 갭' 정신은 여전히 살아 있다. 한국적인 잣대로 보면 거의 사회주의 국가에 가까울 정도이다.

여기에 비해 우리는 지난 IMF 때 기댈 곳이 못 되는 국가의 허약한 모습을 또렷이 목격했다. 최소한의 생계를 꾸려가는 데 버팀목이 되어줄 사회 안전망이 제대로 작동하지 않아 국가는 도저히 기댈 언덕이 못 되었다. 지붕이 없는 집에서 한 개인이 감내할 수 없는 비바람이 몰아치는데도 국가는 끝내 이들을 방치했다. 구조조정이라는 허울 아래 거리로, 벼랑 끝으로 내몰린 실직자들. 그들에게 국가의 존재는 무엇이었던가. 벼랑 끝에 내몰린 절박한 사람들이 어쩔 수 없어 추락하더라도, 그 밑에 깔린 그물에 의해 삶의 희망이 용수철처럼 다시 튀어 오르는 모습을 보고 싶다.

국가가 이러한 당연한 역할을 포기한다면, 가진 자와 그렇지 않은 자의 틈새는 더욱 벌어지게 돼 있다. "그 순간, 새로운 판짜기가 진행되며 지배집단은 서서히 몰락하게 된다"라는 그람시의 경고는 아직도 유효하다. '마인드 갭', 이것이야말로 한국 사회가 꼭 챙겨야 할 정신 아닌가 한다.

여자인가요,
남자인가요?

한국적인 기준으로 볼 때, 영국 여자들은 남자 같고 영국 남자들은 여자 같다. 영국 여성들을 보면 에너지가 넘쳐 흘러 대화를 하다 보면 그 기세에 곧 주눅이 든다. 한국에서 대체적으로 남자가 맡는 힘들고 거친 노동을 마다하지 않는다.

영국에서는 주택 리모델링과 가드닝(정원 가꾸기)에 관한 취미 생활 텔레비전 프로그램이 인기를 끈다. 여기서 여성들이 직접 망치, 전동 드라이버, 대패 같은 것을 허리춤에 차고 땀 흘리며 노동하는 모습을 쉽게 볼 수 있다. 이와 대조적으로 남성들은 보통 수줍어하며 왠지 연약한 느낌을 준다.

영국 여성들은 사회 곳곳에서 제 목소리를 내며 여성의 몫을 거리낌 없이 요구한다. 강력한 여왕의 전통이 있고 섬나라 여성이 보통 생활력이 강해 그런가 하고 생각했다. 하지만 그것은 아주 부분적인 이유이다. 영국 여성 복지의 보편적인 형태인 지역공공책임 제도(community care)가 이 같은 여성 해방의 토대가 되고 있다는 것을 발견한 것이다. 사회적 일자리인 사회봉사자(social worker)들이 노인 수발과 육아 부양 같은 일을 맡고, 가사노동에서 해방된 여성들이 사회 각 분야에서 자기실현적 삶을 이끌어가는 것을 심심찮게 볼 수 있다.

또한 '이중의 성'이란 개념으로 영국 여성들의 에너지를 설명할 수 있다. 인간은 본래 남성성과 여성성이란 이중의 성, 즉 '중성의 성'을 소유한다. 그러다가 성역할 분담이 뚜렷할 필요가 있는 산업사회에서 남자는 남성성이, 여자는 여성성이 부각된다. 하지만 이미 산업사회를 거친 영국 사회에서는 사회적 성 역할 분담에 따른 스트레스가 크게 줄어들었다. 이런 이유로 영국인들이 인간의 원래 모습일 수 있는 '중성의 성'을 회복한 것 아닐까 하는 생각도 해보았다.

우리 사회에서는 아직까지 여성은 여성다워야 하고, 남성은 남성다워야 한다. 근대화 이데올로기의 잔재물일 것이다. 한국의 특출한 여장부에 견줄 만한 영국의 보통 여성들을 보고 있으면 이 같은 주장이 왠지 설득력 있게 들린다.

데이비드 베컴

런던 히드로공항에서 엘리베이터를 찾으면 당황스럽다. 'elevator' 가 'lift' 로 표기돼 있어서다. 또 물을 마시려고 '워러, 플리즈(water, please)' 하면 못 알아듣고 철자를 겨우 적어 주어야 '오, 와타~!' 하며 단번에 알아차린다. 영국식과 미국식 영어의 차이다. 영국 사람들은 문화적 자부심이 대단해 미국 문화를 저급하게 생각한다. 하지만 미국의 물질적 풍요로움, 자유분방함, 그리고 넓은 땅은 이따금 선망의 대상이 되기도 한다.

거기에 반해 미국인은 우중충한 날씨에 사는 영국인을 옛것만 고집하는 융통성 없는 사람들로 생각한다. 그렇기는 해도 상류층은 영국식 영어를 구사하기 위해 애를 쓰며 영국의 전통과 깊이 있는 문화를 부러워한다.

이렇듯 미국인이 영국인을 대하는 사고방식에는 늘 이중성이 존재한다. 미국 TV와 영화에는 악독한 캐릭터로 출연하는 영국인 배우를 심심찮게 볼 수 있다. 영화 〈다이하드〉와 〈리썰 웨폰〉의 악당은 모두 영국인이다. 국내에서도 인기를 끌고 있는 미국 TV 프로그램 〈아메리칸 아이돌〉에는 악명 높은 영국인 심사위원 사이먼 코웰이 있다. 노래 경연 참가자에 대한 신랄한 평가와 독설은 그의 몫으로 돌아온다.

반대로 팝가수 마돈나와 영화 〈셰익스피어 인 러브〉의 주연배우 귀네스 팰트로는 대표적인 '영국 마니아'에 속한다. 하지만 이들도 영국에 정착할 무렵, 정서적 차이에서 비롯되는 마찰로 시시콜콜 영국 언론의 기삿거리가 되었다.

축구선수 데이비드 베컴이 5년간 약 2,300억 원을 받고 미국 프로축구 'LA 갤럭시'에서 활동한 적이 있다. 게임당 대략 5억 원의 출전 수당을 받은 것이다. 당시 갑작스러운 미국행을 두고 설왕설래가 많았다. 하지만 1억 7,400만 달러에 이르는 엄청난 부를 이미 소유했던 베컴은 그 전부터 미국 상류 사회를 동경해온 것으로 알려져 있다. 그는 아마 물질적 풍요의 시스템이 돈 많은 사람에게 주로 맞춰져 있는 미국 사회를 지상 낙원으로 본 영국인인지 모른다.

'우향우', 글쎄요?

영국의 대형마트들은 넓은 주차장을 갖추고 도심 외곽에서 주로 영업한다. 유럽사람들은 동네가게와 소매상들에게 피해를 주는 대형마트는 유럽식 가치관과 어긋난다는 생각을 한다. 그런 생각의 기저에는 '함께 사는 공동체적 삶'에 대한 배려가 깔려 있다.

오늘날 대다수의 유럽인은 미국의 '터보 자본주의'보다 유럽의 인간적인 자본주의 경제 체제에 대한 자부심이 크다. 그래서 유럽인들은 적지 않은 세금을 내지만 큰 불평을 하지 않는다.

영국의 브라운, 프랑스의 사르코지, 독일의 메르켈 총리가 집권하자 국내 일부 언론은 '유럽이 우향우'로 향하고 있다고 호들갑을 떨었다. 하지만 이 정도의 우향우는 진보 정치의 전통이 뿌리깊은 서유럽의 스펙트럼에서는 상대적으로 약간 '우'로 기울었을 뿐이다. 어느 정권이 들어서든 약한 힘을 가진 사람들을 살피는 공공적인 가치에 대한 정책 기조는 크게 변하지 않았다.

물론 이 같은 가치의 축적은 그저 주어진 게 아니다. 유럽 역사를 '피의 역사'로 부를 만큼, 민중의 끊임없는 투쟁을 통해 얻어낸 결과물이다. 그런 이유로 네가 죽어야 내가 사는 '정글 자본주의'가 아닌, 공존의 삶이 넘실거리는 인간적인 자본주의 현장을 곳곳에서 만날 수 있다.

하지만 우리는 빠른 속도로 이뤄진 근대화를 거치며 오직 앞만 보고 달려온 사회다. '무엇이 가치 있는 삶'인지에 대해 돌아볼 겨를조차 없었다. 그런 만큼 내 목소리가 더 잘 들리게 고함을 질러 댈 것이 아니라, 다른 사람의 목소리도 들리게 자기 목소리를 낮출 줄 아는 공존의 지혜를 유럽 사회에서 본받아도 좋을 듯하다.

이튼 스쿨

　오랜 전통을 자랑하는 영국의 명문 사립학교에 다니는 학생들은 특권 의식이 몸에 배어 있다. 학업 성취도와 상관없이, 중·고교 과정의 사립학교에 다닌다는 그 사실만으로 엘리트 의식을 가진다. 거기에 덤으로 얻게 되는 사회적인 연결망도 자산이 되는 것은 한국 사회와 별 차이가 없는 듯하다.

　그래서 경제적 여유가 있는 학부모들은 비싼 수업료도 마다하지 않고 사립학교에 자녀를 보낸다. 그들이 누리고 있는 계급적 특권을 재생산할 수 있어서다. 영국 왕족과 역대 영국 총리 20여 명을 배출한 600년 전통의 이튼 스쿨을 비롯하여, 럭비, 해로우, 윈체스터 스쿨 같은 학교들이 영국의 대표적인 사립학교다. 영국이 세계를 호령하던 제국주의 시절, 이들 사립학교가 길러낸 졸업생들은 제국주의 담론을 생산하는 주역으로 활동하게 된다.

하지만 영국 사립학교들은 노동당과 같은 진보 세력으로부터는 계급 구조를 고착화시킨다는 이유로 줄곧 견제를 받아왔다. 그런 이유로 일부 사립학교를 제외하곤 재정 상태가 그렇게 넉넉하지가 않다. 사립학교들은 최근 재정난에 허우적거리자 매년 수업료를 10% 정도 선에서 인상해왔다. 수업료 인상 담합 혐의로 집단소송까지 당한 적도 있었다. 수업료는 학교에 따라 차이가 있지만 연간 2만 파운드(3,600만 원) 정도다.

이와 달리 영국의 대학들은 중국과 한국 같은 세계 각국에서 몰려든 해외유학생들로 인해 연간 약 110억 파운드(23조 원)의 외화를 벌고 있다고 한다. 영국 대학은 사전 비자 없이도 입국할 수 있어 많은 학생들이 선호한다. 하지만 비(非)EU권 학생들은 영국과 EU권 학생들에 비해 무려 3배가 넘는 비싼 학비를 '울며 겨자 먹기' 식으로 내야 한다.

영국의 명문 사립학교는 대학과 비교하면 전통적으로 외국 학생의 입학에 인색했다. 하지만 이들이 외화 벌이의 효자가 된 영국 대학들을 본떠 앞으로는 외국 학생들에게도 빗장을 서서히 열어젖힐 태세다. 제주도 서귀포 '영어 도시' 에 이튼 스쿨과 어깨를 겨루는 엔엘시에스 한국 분교가 2011년에 들어올 예정인 것도 같은 연장선상에서 봐야 할 것 같다.

프리미어 리그

영국 프로축구 프리미어 리그는 빠른 공수(攻守) 교체, 선수들의 박력 넘치는 플레이, 열광적인 축구팬들의 응원으로 축구에 별 관심이 없는 사람들에게도 보는 맛을 자아낸다. 특히 한국의 박지성, 이청룡 선수가 훌륭한 경기를 보일 때의 재미는 참으로 쏠쏠하다.

영국 축구팬들은 자기가 좋아하는 팀의 주식을 가진 경우도 많아 팀의 성적이 곧바로 경제적 손익으로 연결되기도 한다. 이번 프리미어 리그 우승은 첼시가 차지했다. 하지만 프리미어리그 전통의 명문 팀으로 맨체스터 유나이티드, 리버풀, 아스날을 꼽는 데 별 이견이 없다. 지난 1888년 리그가 처음으로 출범할 당시, 영국 축구 중심지는 노동자들이 주로 밀집해 있던 북부와 중부 공업지역이었다. 리그 출범 당시에는 이청룡이 속해 있는 볼튼 원더러스를 포함해 프레스톤 NE, 에버튼 같은 북부와 중부 지역 팀들이 주로 우승을 이끌었다. 런던을 포함한 남부지역은 아마추어리즘을 강조해 리그 참여에 적극적이지 않았다. 거기에 비해 북부와 중부 지역은 직업 축구를 내세우며 선수들을 적극 영입해 그 효과를 보았다.

당시 명문 팀들은 대개가 노동자 계층 이미지를 지녔다. 산업화 시대 중심지였던 맨체스터와 리버풀이 그 예이다. 축구가 노동을 사회 구조 안에 끌어들여 사회 통합을 이뤄내는 데 중요한 역할을 했다는 것을 시사한다. 축구는 전통적으로 구별과 차이가 심한 영국 사회를 '하나의 국가'로 만든 사회적 접착제 기능을 했다고 볼 수 있다.

19세기 전반까지만 해도 축구는 노동자들의 놀이가 아니었다. 그 전까지는 이튼, 해로우, 럭비 스쿨과 같은 명문 사립학교가 교육적인 차원에서 육성했다. 이때는 영국 제국주의가 기세를 올리기 시작하던 시기와 엇비슷하다. 사립학교들은 축구 경기장과 전장의 이미지를 일치시켰다. 강한 체력, 남성다움, 승부근성, 협동심을 축구를 통해 학생들에게 가르친 것이다. 이 같은 맥락에서 프리미어 리그를 유심히 살펴보면, 전쟁터를 연상시킬 만큼 열심히 뛰어 다니는 선수들에게서 제국의 화려한 과거가 묻어 있다는 것을 느낄 수 있다.

얼마 전 프리미어 리그가 2011년부터 해외 경기를 추진하려 하자 찬반양론으로 전 세계가 시끄러웠다. 영국축구협회의 이런 움직임에 대해 일부에서는 외화 벌이의 목적 외에도 '스포츠 제국주의' 의도가 다분히 깔려 있지 않느냐는 분석도 있었다. 프리미어리그 축구는 화려함과 재미, 그리고 속도를 내세우는 서구의 문화적 상징과도 많이 닮아 있다. 이러다간 정신세계는 물론이고 '몸의 세계' 마저도 서구에 안방을 내주어야 할지 모르겠다.

횡재세

횡재를 뜻하는 영어 단어가 재미있다. 횡재, 즉 '굴러 들어온 복'을 의미하는 'windfall'의 어원은 폭풍으로 쓰러진 나무에서 비롯됐다. 중세 영국에서 땅을 가지지 못한 사람들은 땅을 소작하거나 추위를 이기기 위한 땔감용으로 숲에 있는 나무를 베는 경우가 많았다. 숲 주인들은 대개가 나무 베는 것을 금지시켰다. 하지만 태풍과 폭풍으로 나무들이 넘어진 경우에는 예외였다고 한다. 어려운 사람의 입장에서는 그야말로 횡재였다.

지난 1997년 영국에서 노동당이 집권하자 횡재세(windfall tax)란 이름의 세금을 부과했다. 그런데 사실 횡재세는 신차유주의의 원조로 불리는 영국 대처 총리 시절 이미 실시된 제도다. 민영화를 진행하면서 공기업을 인수한 민간기업의 엄청난 시세 차익에 대해 정부가 많은 세금을 매긴 것이다. 뜻밖의 횡재를 했으니 세금을 많이 내라는 것이다. 같은 신자유주의의 원조인 미국 부시 대통령 시절에도 천정부지로 치솟는 고유가로 떼돈을 번 석유 재벌들에게 '횡재세'를 부과하려는 움직임이 있었다.

우리나라에서 부유세는 대통령 선거 때마다 사회적으로 논란을 일으키는 단골메뉴다. 부유세는 돈이 돈을 기하급수적으로 불리는 금융자본주의 시대에서 횡재세의 성격도 다분히 갖고 있다. 부유세는 프랑스, 스위스, 노르웨이와 같은 복지제도가 충실한 유럽 8개국에서 시행되고 있다. 프랑스의 한 인기 가수가 수입의 70%까지 매긴 부유세를 피하기 위해 인근 국가로 이사를 가자 그 이후부터 인기가 급락했다는 이야기도 있다.

유럽에서의 세금은 나눔의 수단인 '사회연대세'라는 인식이 강하다. 불로소득으로 갑자기 떼돈을 벌었을 경우, 거기에 걸맞은 세금을 사회에 내는 것은 정당성이 충분하다는 것이다. 우리 사회에서 일고 있는 부유세 논의도 이 같은 차원에서 접근해 도입 여부를 진지하게 고민해봤으면 한다.

오랜 앙숙,
영국과 프랑스

대영제국 깃발이 힘차게 펄럭일 무렵, 영국 사람들은 이런 말을 했다. "폭풍으로 뱃길이 끊기면 영국이 고립되는 것이 아니라, 유럽 대륙이 고립될 것이다." 여기서 대륙은 식민지 주도권 다툼이 치열했던 프랑스를 주로 겨냥한다.

영국과 프랑스는 오랜 앙금의 역사를 갖고 있다. 9세기께 정복왕 윌리엄을 내세운 노르만 프랑스인들이 영국을 오랫동안 지배한 것을 시작으로 영국과 프랑스는 100년 전쟁과 식민지 다툼으로 늘 긴장과 대립 상태를 유지해왔다.

이런 이유로 런던 중앙역에 해당하는 워털루역 명칭은 의미심장하다. 워털루 전투는 영국의 웰링턴 장군 연합군이 1815년 벨기에 워털루에서 프랑스군을 크게 이겨 나폴레옹 지배를 결정적으로 끝내게 한 전투였다. 유로스타를 타고 영국으로 건너가는 프랑스 사람들에게는 자존심을 건드리는 일이 아닐 수 없다. 프랑스 의회는 영국 정부에 역 명칭 변경을 줄기차게 요구했지만, 영국은 워털루 전투와는 상관없다면서 꿈쩍도 하지 않았다.

영국 트라팔가 광장 역시 프랑스와 치렀던 전쟁 승리 기념 광장이다. 1805년 넬슨 제독이 이끄는 영국 함대는 지중해 트라팔가르 곶에서 나폴레옹 함대를 만나 전투를 승리로 장식했다. 바로 이 같은 역사적 배경이 깔려 있는 상징적인 광장에서 런던 시민은 프랑스와 축구 국가 대항전에서 이겼을 때 승리를 즐기며 열광하기도 한다.

지금도 영국과 프랑스 간의 헤게모니 싸움은 계속되고 있다. 유럽에 대한 주도권은 말할 것도 없거니와, 심지어 국가라는 울타리에 열려 있는 좌파 진보세력들도 '장미(서유럽사회주의)전쟁'으로 비유되는 힘겨루기를 한다.

상상력에 권력을!

최근 프랑스 정부가 연금법을 수정하려고 하자 앞으로 더 일자리를 얻기가 어렵다고 보는 프랑스 젊은 학생들의 시위가 끊이지를 않고 있다. 프랑스 언론들은 이번 시위에 전국 대학생과 중·고교 학생들까지 참가, 그 규모 면에서 68 혁명과 비교된다고 연일 보도했다.

유럽 사회에 큰 반향을 불러일으켰던 68 혁명의 발단은 대단치 않아 보였다. 파리 낭테르 대학의 여학생회관 기숙사에 남학생도 자유로이 들어갈 수 있게 해달라고 요구한 것이었다. 이런 요구 사항을 보고 당시 언론은 학생들을 '철없는 아이들'로 표현했다. 기존 관습과 제도, 권위주의라는 기성체제에 맞서는 신세대의 저항이라는 시대사적 의미를 읽지 못한 것이다.

물론 오늘날 상황도 다를 바 없지만, 당시 관습과 제도를 벗어나는 삶의 양식은 그것이 아무리 정당하더라도 벗어나려는 그 순간부터 사회적인 안정을 보장받지 못했다. 결국 인간은 물질적으로는 '가난' 하지 않았지만 '성숙' 할 수는 없었다. 이런 숨 막히는 '인간의 조건' 을 거부하기 위해서였을까? 시위가 절정에 이른 날 1천만 명에 이르는 학생과 노동자들이 거리로 쏟아졌다.

억압적인 권위에서 벗어나려는 몸부림은 68 혁명의 그 유명한 구호 '지배로부터 자유로운 구역!' 을 만들어낸다. 또 '상상력에 권력을!' '금지하는 것을 금한다!' 같은 슬로건도 잘 알려진 슬로건이다. 이 슬로건들은 관료주의 억압 속에서 판에 박힌 듯이 돌아가는 현실 사회에 대한 저항을 품고 있었다. 이는 결국 상상력의 가치를 복원하자는 문화운동으로 이어졌다. 이 같은 흐름은 20세기 비판이론과 해체론적 사유의 근원이 됐고 예술계에도 큰 변화의 바람을 몰고 왔다.

젊은 층 일자리로 치자면 한국의 청년 실업이 심각해도 훨씬 더 심각할 게다. 젊은 층에게 안정된 일자리를 공급하여 자유롭게 상상하며 자기실현적 삶을 살아가게 하는 것은 기성세대의 몫이다. 그런 역할을 기성세대가 제대로 수행하지 않는다면 젊은 층의 사회에 대한 불만과 분노는 쉽게 사그라지지 않을 것이다.

1파운드의 무게감

영국 맨체스터 인근의 작은 도시 리크에서 1년간 머물 무렵의 이야기다. 당시 딸아이와 가깝게 지낸 친구 한 명이 있었다. 그 아이의 아버지 직업은 우체부였다. 그 아이 집은 여름 휴가철만 되면, 영국인들이 휴가지로 선망하는 지중해 쪽으로 휴가를 간다고 딸아이가 부러운 듯이 말했다.

당시 경제적인 여유가 없어 유럽 여행도 제대로 다녀오지 못했던 나로서는 영국의 우체부가 과연 얼마나 많은 돈을 벌기에 별 걱정 없이 여름마다 해외여행을 갈까 내심 궁금했다. 아마 물려받은 재산이 많겠거니 짐작했다. 하지만 그게 아니었다. 딸아이 이야기를 듣고 더 놀란 것은 여름방학 동안 같은 학급의 친구들 3분의 1 이상이 해외여행을 다녀왔다는 것이다. 해외여행을 떠난 대부분의 가정이 특별히 잘 사는 계층도 아닌, 평범한 계층이었다.

우리나라의 평범한 사람들은 마음먹고 휴가 계획을 짜보지만 이래저래 돈 걱정으로 선뜻 실행하지를 못한다. 행여 구조조정으로 직장을 잃지 않을까 휴가 중에도 마음이 편치 않다.

영국이란 나라는 그렇게 잘 사는 나라는 아니지만 국민들의 표정은 여유롭다. 그 여유로움은 길에서 스쳐 지나가는 모르는 사람에게도 웃으면서 먼저 인사를 건네게 한다. 영국 생활을 하면서 힘들었던 부분 가운데 한 가지가 여기에 대처하는 표정관리였을 정도였다. 딱딱하게 굳은 표정의 동양인 입장에서 보면 '표정노동'이라는 말이 더 적합한 표현일 게다. 특히 좁은 도로에서 운전할 때, 맞은편 운전자가 웃으면서 손인사를 하는 경우가 많다. 이럴 때 운전과 답례를 함께 처리해야 하는 이중의 동작 연출은 그렇게 간단한 일이 아니었다.

영국식 여유로움의 배경에는 타인에 대한 배려도 물론 있을 것이다. 하지만 그보다도 믿을 만한 국가가 국민에게 선물하는 심리적 안정감이 더 큰 몫을 차지한다. 갑자기 직장을 잃었을 때, 몸이 편치 않을 때, 노년이 돼서도 국가가 '최저선'의 복지만큼은 책임져주기에 큰 걱정이 없다. 영국은 2차 세계대전 중 선진 복지의 모델이 된 '베버리지 보고서' 이후로 국민의 기본 생계를 책임지는 도도한 물결은 변함없이 흐르고 있다. 그 든든한 버팀목이 묵직한 1파운드의 동전 무게처럼 영국 사회를 안정적으로 만드는 비결이 아닐까 하는 생각이 든다.

'옥스브리지'

끈을 맨 정장 스타일의 옥스퍼드화(靴), '케임브리지 멤버스' 라는 고급 신사정장 브랜드. 옥스퍼드와 케임브리지는 단순히 영국의 유서 깊은 대학 이상의 의미를 갖는다. 서로 경쟁하면서 발전해온 두 대학은 엘리트, 지적 권위, 그리고 전통을 상징하는 영국의 아이콘과도 같다.

두 대학을 합쳐 흔히 '옥스브리지' 로 부르기도 한다. 옥스브리지는 섬나라 영국 속의 또 다른 섬과 같은 영국 지성계의 양대 축이다. 옥스퍼드 대학은 인문 사회 분야에서, 케임브리지 대학은 자연과학 분야에서 그 진가를 인정받는다.

1284년 설립된 케임브리지 대학은 영국 왕실로부터 인정을 받아 많은 학생이 모이면서 그 이름이 널리 알려졌다. 18세기 한때 쇠퇴하기도 했지만, 19세기 이래로 수학과 자연과학 연구에 뚜렷

한 업적을 남긴다. 케임브리지는 1669년에 아이작 뉴턴이 30년간 수학을 가르치면서 그 이름을 크게 높였다. '현대 과학이 케임브리지 없이 과연 존재할 수 있었을까' 라는 말이 있을 정도로 지금까지 모두 80명의 노벨상 수상자를 배출했다.

옥스퍼드는 노벨상 수상자 수에서는 46명으로 케임브리지에는 미치지 못한다. 하지만 인문학 전통과 함께 토니 블레어 전 총리를 포함해 역대 영국 총리 25명을 배출한 자존심이 대단하다.

최근 영국대학 평가에서 케임브리지가 옥스퍼드를 제치고 영국의 최고 대학으로 선정됐다. 옥스퍼드가 케임브리지에 밀린 것은 지난 2001년 이후 처음이다. 전통의 두 대학은 경쟁하면서 함께 성장해왔다. 그렇지만 '학제 간 연구' 와 같이 협력해야 할 때는 서로 지원을 아끼지 않는다고 한다. 영국의 저명 석학들이 두 대학 교수직을 함께 지낸 경우가 많다는 사실도 우연이 아니다. 우리 대학들도 선의의 경쟁 시스템 아래 학제 간 교류의 폭을 넓히면서 세계적인 대학으로 성장하는 데 많은 공을 들여야 할 때다.

빨리 빨리?
글쎄요!

  '과거에 해보지 않았던 현명한 일을 하는 것보다는 늘 해오던 우매한 일을 하는 것이 훨씬 편하다.' 영국인의 보수성을 넌지시 꼬집는 말이다.

  영국은 세계에서 둘째가라면 서러워할 정도로 관청과 일반 기업들의 일 처리 속도가 느리다. 한국의 '빨리 빨리' 에 익숙한 한국인들은 영국에 처음 오면 이 같은 '느림의 문화' 에 답답해하기 일쑤다. 유학 생활 중 런던 특파원으로서 기사도 송고해야만 했던 나로서는 참 황당한 일 한 가지를 겪었다. 어느 날 갑자기 집 전화가 불통이 되는 비상상황이 발생한 것이다. 사건을 알아보니, 전날 술 취한 운전자가 집 근처 전봇대를 들이받는 사고가 발생한 것이다. 그 사고로 전화선으로 연결된 인터넷마저 사용할 수 없게 된 것이다. 기사를 송고해야 했던 나로서는 난감하기 그지없었다. 당황스러워 브리티시

텔레콤에 전화를 하니 2주쯤 후에야 복구할 수 있다는 답변이다.

꼼짝없이 2주간을 기다릴 수밖에 없었고, 기사 송고는 팩스로 이뤄졌다. 신고하면 바로 바로 처리해주는 한국에서는 상상조차 할 수 없는 일이었다. 얼마 후 집을 찾아온 주인에게 이해할 수 없다는 표정으로 겪었던 상황을 이야기하니, 그 정도는 괜찮은 편에 속한다고 씨익 웃는 것이 아닌가. 길게는 5주까지 기다려야 하는 경우도 있다는 대목에 이르러서는 어이가 없었다.

이런 이유로 영국에서는 한국의 배관공 같은 기술자들이 인기를 끌고 있다. 영국 기술자 같으면 며칠 끌 일을 하루에 뚝딱 해결해주니 이만저만 고맙고 신기한 일이 아니다. 영국 런던에서 부유층이 밀집된 노팅힐에 저택을 갖고 있는 팝스타 마돈나의 눈에도 느림의 문화가 문제로 보였던 모양이다. 런던생활을 말하던 중 5층짜리 저택(시가 약 120억 원)을 개보수하는 과정에서 느낀 낭패감을 토로했다. "사람들이 얼마나 일 하기를 싫어하는지 믿을 수가 없을 정도다. 미국 같으면 금방 마칠 일을 며칠 동안 질질 끈다"고 불만을 토로하며 영국의 느린 문화에 직격탄을 퍼부었다.

이에 대해 영국 건설노동자 노조는 "그녀는 정말 매우 건방진 것 같다. 우리가 일하는 방식이 싫으면 미국으로 돌아가야 한다. 영국에서 노예처럼 일하던 시대는 이미 여러 해 전에 끝났다"라고 되받아쳤다.

외국에서 급한 상황이 벌어졌는데도 일이 제대로 처리되지 않을 경우에는 한국의 '빨리 빨리' 문화가 가끔 그리워졌다.

행복한
유럽의 농민들

유럽 농민들은 그야말로 행복하다. 유럽연합(EU)의 공동 농업 정책은 농산물의 적정한 가격을 인위적으로 유지해준다. 뿐만 아니라 가격 하락으로 농민 소득이 낮아지면 EU 보조금이 즉시 지급된다. 농업을 사회의 건강함을 지켜주는 마지막 보루로 인식하는 데 따른 것이다.

EU는 무역 분쟁이 발생할 경우 농업 분야에서만큼은 웬만해서는 양보하지 않는다. EU가 EU 농민이 아닌, 과거 식민지 국가 농민의 이익을 위해 7년 동안 싸워준 데서도 이런 자세가 잘 드러난다. EU는 과거 유럽 식민지였던 카리브 해, 아프리카 지역 국가의 바나나를 수입하면서 미국에 비해 관세 우대 혜택을 주었다. 이를 참다못한 바나나 수출국 미국은 EU의 지역차별적인 정책에 맞서 EU산 제품에 매년 2억 달러 이상의 보복관세를 부과했다. 결국 오랜 줄다리기 싸움 끝에 미국은 수입 시스템을 개선하겠다는 약속을 EU로부터 받아냈다.

EU의 지역 차별적 바나나 수입은 확실한 보호무역 정책이었고 세계무역기구(WTO)도 미국의 손을 들어준 분쟁이었다. 하지만 EU는 이 현안을 쉽게 양보하지 않았고, 미국과 한판 전쟁을 치르는 듯 팽팽하게 대립했다. 이유는 간단했다. 앞으로 농업 분쟁의 힘겨루기에서 쉽게 졌다는 전례를 남기지 않기 위해서였다.

이 같은 EU의 농업 보호 정책을 보면서 과거 수출 드라이브 정책으로 일방적인 희생을 강요당한 한국 농민들의 끝나지 않는 희생이 안쓰럽게 느껴진다. 우리 정부 역시 농수산물과 관련된 국가 간 무역 대립을 분쟁이 아닌 전쟁 차원으로 여기는 EU의 자세를 배울 필요가 있다. 그래야만 '농자천하지대본'이라는 자긍심도 되살아날 것 아니겠는가.

대학 안 가는
청소년들

영국 청소년들은 학교 수업을 마치면 별로 할 일이 없다. 숙제가 많은 것도 아니고, 그렇다고 대학에 진학하려고 애를 쓰지도 않는다. 우리같이 거리에 노래방, 피시방, 게임방 같은 오락 시설이 널브러져 있는 것도 아니다. 밤이 되면 무료해져 거의가 일찍 잠을 청하기 일쑤다. 사설 입시학원도 없어 숨 가쁘게 이리저리 돌아다닐 필요도 없다. 고교 3학년이 되면 오히려 더 홀가분하다. 진학을 포기하는 학생들이 많아서다. 진학을 하려는 청소년들도 대학에서 전공하려는 학과의 특성에 맞는 서너 과목만 집중적으로 공부하면 된다.

영국 총리가 일정 단계 이상의 대학 진학률 상승을 공약으로 내세울 정도로 대학 안 가는 학생들은 영국 사회의 골칫거리가 됐다. 영국의 일부 대학이 정원이 차지 않아 재정난을 하소연하는 것도 이 같은 이유에서 비롯된다. 어떤 때는 대학에 가지 않는 청소년 비율이 30%대를 훌쩍 넘는 경우도 있다.

영국 청소년들의 대학 무관심 현상은 '저학력이라도 충분히 먹고 살 수 있는 안정된 사회'에 그 이유가 있는 듯하다. 여기에다가 믿을 만한 사회안전망은 골치 아픈 공부에 매달리지 않아도 얼마든지 기본적인 생활을 가능하게 해준다.

영국에서 돈이 없어 대학에 들어가지 못한다는 말은 듣기 어렵다. 학교마다 조금씩 차이가 있지만 영국 대학은 1년 학비가 대략 우리 돈 200만 원 정도다. 이마저도 거의가 학교와 정부로부터 장학금 혜택을 받는다. 형편이 어려운 학생은 지역 구청에 융자를 신청하면 저리로 학비는 물론 용돈까지 쉽게 지원받는다. 대학에 기를 쓰고 가려는 한국 사회와, 대학에 애써 가지 않는 영국 사회의 차이는 무엇일까. 그런데도 영국은 우리보다 선진국인데 말이다.

동구권 공연단체들의 공세

영국의 오케스트라, 오페라단, 발레단들이 지난번 경제 한파로 재정적으로 매우 허약해진 상태다. 이런 악조건 속에서 물밀듯이 밀려오는 동구권 및 구 소련연방 국가의 공연단과 다시 한판 씨름을 벌이고 있다.

영국에서는 노동허가권을 얻기 쉽고 파운드화 강세로 조금만 고생하면 동구권 공연단체들이 목돈을 걸머쥐는 매력이 있다. 파격적인 가격 할인, 기동성 있는 공연 스케줄, 문화 소외 지역 공략과 같은 방법으로 파고드는 동구권 공연단체들의 전략에 영국의 공연단체들은 속수무책이다.

몰도바에서 온 한 오페라 단체는 하루에 브라이튼에서 요크 지방에 이르는 강행군도 사양하지 않는다고 한다. 이동 도중 버스에서 자는가 하면 유스호스텔에 많은 단원이 한 방에 투숙하기도 한

다. 이들이 빠듯한 공연 스케줄로 제때 쉬지 못해 공연장에서 제
기량을 발휘하지 못한다고 영국 음악인 노조는 밝혔다. 그러고는
비난의 화살을 공연기획사에게로 돌린다. 공연기획사들이 웹사이
트를 통해 '노동허가권, 비자, 그리고 세제 혜택에 있어 특별한 경
험' 이라는 광고로 이들을 유혹한다는 것이다.

그러나 공연기획사들은 "우리는 그들이 노래를 잘하기를 원하
며 국제관례에 따라 잘 대우해주고 있다. 영국의 각 공연단체들이
순회공연 예산을 삭감해서 문화적 혜택을 누리지 못하는 지역에
선 오히려 이들을 반기고 있다"라고 반박했다.

영국 음악인들을 또 걱정스럽게 만드는 것은 영화사나 프로그
램 제작사들이 적은 비용으로 음향을 제작하기 위해 동구권까지
출장을 간다는 사실이다. 체코 프라하가 가장 선호하는 지역이다.
영국 공영방송인 BBC조차도 최근 두 편의 사운드트랙을 체코 프
라하 필하모닉 오케스트라와 함께 제작했다.

재정 적자에 허덕이는 영국의 많은 음악단체들은 출연료는 물
론 공휴일 수당도 포기하고 있다. 어찌됐던 동구권 공연단체들의
영국행 러시는 영국 음악인들에게는 빨간 신호가 되고 있다. 인종
편견에 있어서 동구권 사람들에게는 관대한 영국이지만, 경제적
이해관계와 직접 연결될 때는 어떤 태도를 가질지 두고 볼 일이다.

영국식 이혼

영국 유학 생활을 하는 동안 특별하게 고마운 지도교수 한 분이 있었다. 루스 홀러데이라는 이름의 여교수였는데, 특유의 쾌활함과 낙천적 기질로 늘 따뜻하게 격려해주는 것을 잊지 않았다. 이국(異國)에서 힘든 공부를 하는 동안 홀러데이 교수의 "치어스 업(힘내세요)"이란 말에 많은 용기를 얻기도 했다.

'문화 연구' 석사 학위를 마치고 한국으로 돌아올 채비를 할 무렵, 어느 날 홀러데이 교수가 우리 가족을 집으로 안내했다. 영국에서 흔히 볼 수 있는 평범한 이층 벽돌집이었다. 거실 안으로 들어가니 홀러데이 교수의 현 남편, 같은 학과 교수인 데이비드 교수, 그리고 어린 딸아이가 우리를 반겼다.

같은 대학 동료로서 그 자리에 왔을 것으로 짐작한 데이비드 교수는 알고 보니 홀러데이 교수의 전 남편이었다. 이혼은 했지만 홀러데이 교수 집 바로 옆에 산다고 했다. 홀러데이 교수의 집안 행사가 있을 때는 가끔 와서 아이도 돌보고 일을 거들어주기도 한다는 것이다. 전 남편과 현 남편이 서로 마주앉아 별 거리낌 없이 대화를 나누고 심지어는 장난까지 하는 것이 퍽 이채로웠다. 홀러데이 교수 역시 두 남자를 아무렇지도 않다는 듯 거리낌 없이 대했다. 서양에서는 이혼해도 친구같이 지낸다는 이야기를 들은 적은 있지만, 막상 현장을 직접 목격한다는 것은 특이한 경험이었다.

서양식 사고방식과 행동이 다 옳은 것은 아니지만, 이혼에 대한 열린 생각은 수긍이 갔다. 성격과 생각의 차이로 이혼을 했지만 그 이혼이 꼭 상대방에 대한 원망과 미움에서 비롯된 것은 아니란 것을 보여주는 듯했다.

여왕 앞에서
옷 벗어 던져버리기

영국 북부 지역의 강한 발음이 인상적인 영화 〈풀몬티〉는 오래전 국내에서도 개봉돼 우리에게 친숙한 영화다. 경제난으로 쇠잔해가는 영국 철강도시 셰필드가 그 배경이다. 실업의 절박한 상황에 내몰린 노동자들의 절박한 삶을 실감 나게 그린 재미있는 영화다.

영화의 최대 하이라이트라고 할 수 있는 마지막 알몸 공연 장면이 영국의 국가적 행사 때마다 단골로 나오는 것도 흥미롭다. 얼마 전에는 엘리자베스 여왕 생일 행사 때 무용수들이 가리고 있던 옷을 갑자기 벗어 던져버린 것이 텔레비전으로 중계되어 화제가 되었다. 엄숙과 품위를 지켜야 할 영국왕실 앞에서 뜻밖의 장면을 연출한 것이다.

이 퍼포먼스는 정부가 당시의 암울한 상황을 다시는 되풀이하지 말고, 노동자들의 건강한 문화를 지켜주는 버팀목이 되라는 메시지를 던지고 있었다. 이 같은 익살스러운 퍼포먼스를 통해 원래 영화가 지니고 있는 사회적인 메시지를 효과적이면서도 강력하게 표현했다.

영국은 문화예술의 사회적인 메시지와 대중과의 소통을 강조하는 '문화 연구'의 본고장이다. '문화 연구'에는 '급진적 사회 개혁', '해방적 사회 실천', '헤게모니', '계급투쟁'과 같은 맑시즘적 사회학 용어들이 거침없이 나온다. 이탈리아 사상가 그람시는 영국 문화 연구에 적지 않은 영향을 끼쳤다. 그는 '역사는 집합적 인간들의 행위에 의해 이뤄진다'라는 말을 남겼다. 문화는 그 집합적 인간들을 통일된 목표로 이끌며 사회 변혁을 위한 기동전에 대비한 식량과도 같다고 본 것이다. 정치 사회 경제에 관한 진보적 담론들을 '문화 연구'에서도 볼 수 있는 이유는 바로 이 같은 문화의 폭넓은 정의에서 비롯된다.

물론 '문화 연구' 이론들 가운데 한국적인 현실과 들어맞지 않는 것도 있다. 그렇다고는 해도 문화를 사회 개혁의 수단과 적극적인 소통 방식으로 간주하며 대중을 문화의 수혜자가 아닌 참여자로 보는 이론적 줄기는 우리에게 시사하는 바가 크다. 영화 〈풀몬티〉처럼 평범한 노동자들이 내뿜는 삶의 소리를 생생히 느낄 수 있는 곳이 바로 문화 현장이 아닐까 하는 생각을 해본다.

제 3 부

예술, 현실과 만나다

모기보다
더 작은 소리일지라도

살기를 느끼게 하는 4대강 사업, 국민 10명당 1명이 실업 상태인 최악의 실업 대란 사태들이 우리 앞에 펼쳐지고 있다. 그 소용돌이 속에서 끼니를 걱정할 정도의 빈곤층이 가파르게 증가하는 것은 한국 사회의 골 깊은 '양극화 현상' 을 여실히 보여준다.

상황이 절박하다. 그런데도 자본주의의 화려한 상품은 사람들을 끊임없이 유혹해 비판 상실의 무감각 상태로 몰고 간다. 그리고는 사회적 모순을 은폐한다. '나는 쇼핑한다. 고로 존재한다(I shop, therefore I am)' 라고 했던가. 현대인들은 쉴 새 없이 소비하지 않으면 돌아가지 않는 자본주의의 마법에서 벗어나지 못하고 있다.

금방 폭발할 듯한 아슬아슬한 현실에서 적지 않은 사람들이 '예술이 밥 먹여주나' 라며 냉소적인 시선을 던진다. 이처럼 힘든 상황에서 예술이 수행할 수 있는 역할은 과연 무엇일까. 수많은 예술가, 예술 철학자들이 예술에 대해 정의 내리려 했지만, 절대적으로 타당한 정답은 내리지 못했다.

때론 참여와 비참여로 예술의 경계를 나누기도 한다. 시인 김수영은 「시여 침을 뱉어라」에서 "나도, 여러분도 시작하는 것이다. 자유의 과잉을, 혼란을 시작하는 것이다. 모기 소리보다도 더 작은 목소리로 아무도 하지 못한 말을 시작하는 것이다. 아무도 하지 못한 말을. 그것을……"이라며 현실에 참여하는 문학의 의미를 깊이 성찰했다.

소설가 보르헤스는 라틴아메리카의 슬픈 역사와 어두운 현실 속에서 판타지 문학을 개척했다. 그는 한 인터뷰에서 "지식인이 현실을 망각한 채 상아탑 속에 갇혀 있다면 사회 문제들을 해결할 수 있다고 생각하십니까"라고 묻자 다음과 같이 답했다. "나는 상아탑 속에 갇혀 지내면서 다른 것들에 대해 생각하는 것 또한 현실을 변화시키는 하나의 방법이 아닌가 하고 생각합니다. 일상적인 것이야말로 현실적인 것이 아닐까요?" 시인 김수영과 소설가 보르헤스는 각각 '좋은 사회'를 꿈꾸는 '싸움'의 형태가 달랐던 것이다.

문화는 특별한 것이 아니라 바로 일상의 작은 실천이라는 생각을 가진 '재미난 복수'가 있다. 거리 공연, 스트리트 마켓, 설치미술, 퍼포먼스, 그래피티 분야에서 기발하고 창의적인 기획으로 대중과 직접 소통하는 젊은 단체다. 예술을 즐길 여유조차 없는 사람들도 예술적 공동체로 따뜻하게 안내하고 있다.

그들과 얘기하는 내내 패기 넘치면서도 건강한 예술관을 확인했다. 한 단원의 의미심장한 말은 적잖은 여운을 주었다. "그동안 애매한 선과 벽에 의해 나뉘어 있는 고정 관념들을 하나하나 제거하는 '재미난 복수'를 해왔는데 현재의 상황은 한가롭지가 않다. 바로 눈앞에 적이 있는 느낌이다. 즐기면서 활동할 여유가 사라졌다. 그래서 기획 내용들이 가시처럼 뾰족해진 것 같다." '재미난 복수' 팀원들은 마치 독을 품은 풀이 다른 개체가 그 독에 적응하면 다음에는 가시를 뻗치듯 현재의 절박한 상황에 기민하게 대응한다.

'재미난 복수'와는 다르게, 직접적인 참여에서 벗어나 비일상적인 것을 다루거나 강한 톤의 발언을 자제하는 예술 세계도 있다. 나무가 옆으로 가지를 뻗쳐 쉴 그늘을 만들 듯 예술 역시 우리의 지친 삶을 보듬고 우리에게 활력을 불어넣는다. 하지만 이 같은 순기능적인 역할이 있다고 하더라도 그것이 전부인 양 생각해서는 곤란하다. 예술을 예술가 집단의 고유 영역으로만 생각하며 대중과 소통을 게을리 해서는 안 된다. 물론 예술인 개개인이 스스로 생각하고 느끼며 창작하는 것은 개인의 자유일 것이다. 그렇지만 그 개인은 많은 부분을 사회에 의존하기 마련이다. 개인이 생각하는 형태, 생각하는 내용, 심지어는 본능까지도 많은 부분을 사회에 빚지고 있다는 사실을 늘 기억해야 하지 않을까.

개인의 삶이 그 어느 시기보다 팍팍한 이때, 예술은 사회로 향하

는 시선을 거두지 말아야 할 것이다. 사회적인 변혁을 이끌려면 집
요하고 겸손하게 설득해서 사람들의 의식을 조금씩 바꿔가는 작
업이 필요하다. 그것도 예술이 맡아야 할 역할 아니겠는가. 문화는
그래서 '장구한 혁명' 이란 말을 한다. 사회의 굽이굽이마다 진실
에 민감한 감수성을 가진 예술인의 다양한 '행동들' 은 사람들이
살아갈 길을 터주는 희망이 되었다.

이해관계가 다른 사회 구성원 간의 대립이 마치 전쟁터 같다. 사
회적 약자들의 삶이 벼랑 끝에 아슬아슬하게 내몰렸다. 예술이여,
설사 '모기보다 더 작은 소리' 일지라도 아무도 하지 못한 말을 하
라. 그러면 그 말의 힘은 밥의 힘보다 더 든든한 '뱃심' 을 선물할
것이다.

꽃잎들은 춤추자는데

물이 잔뜩 오른 꽃잎들이 마치 마술을 부린 듯 봉긋봉긋 피어올랐다. 고교 때였던가. 버스 안에서 여학생 가방을 들어주려 할 때 나도 모르게 본 그 예쁜 여학생의 부드러운 턱 선을 닮았다.

이맘때가 되면 습관처럼 듣고 싶은 음악이 하나 있다. 에릭 사티의 「짐노페티」다. 이 음악을 듣고 있으면 혼돈의 대학 시절 나를 감쌌던 부드러운 봄 햇살이 연상된다. 나른한 오후, 담배를 물고 집 담벼락에 기댄 채 이유 없이 슬펐던 순간마다 나를 찾아와 가볍게 어깨를 두드린 그 부드러운 봄 햇살의 촉감을 잊지 못한다.

이렇듯 지척에서 봄날은 겨울을 뚫고 유연하게 춤을 춘다. 그런데 우리 세상사는 철이 바뀌어도 변하지 않는 플라스틱 꽃처럼 뻣뻣하기만 하다. '봄이 와 꽃이 피면 내 마음도 피어난다'는 노랫말조차 내면과 바깥의 거리감을 느끼게 한다. 이미 견고하게 버티고 있는 세상의 틀 속으로 떠밀려간 우리 존재는 그 틀에 적응하기 위해 쩔쩔맨다. 그 틀을 벗어나려 몸부림치는 순간, 홀로 피를 흘리며 비틀거리는 일만 남았다.

자기 생존에 급급한 우리는 타인의 아픔에 귀 기울일 힘조차 잃어버렸다. 누구에게 말을 거는 것도, 누구로부터 말을 듣는 것도 두렵다. 낯선 사람 차에 동승하는 것도, 낯선 사람을 차에 오르게 하는 선의를 나누는 것도 쉽지 않은 세상이다. 세상의 거대한 소용돌이 속에서 우리는 딱딱한 껍질을 두른 갑각류가 되어간다. 그 껍질은 홀로 평안을 누리기에 적합한 캡슐일지 모르지만 외부와는 소통이 단절되는 공간이 된다. 그 평안은 타인을 향한 귀 막음과 눈가림에서 시작된다. 자기 보호막에 안주한 채 눈은 시선의 주인이 되지 못하고 한갓 공허한 유리알로 기능한다. 갇힌 구조는 시선의 상상력보다는 일사불란한 주사(走査) 방식만을 강요한다.

언제부터 우리에게 눈물이 메말라버린 것일까. 간혹 텔레비전이나 슬픈 영화를 보면서 눈물샘을 적실 때가 있다. 하지만 그 눈물은 그 대상을 향한 것이기보다는 영혼이 스스로를 보며 흘리는 눈물일 게다. 자아를 자유롭게 넓히자 못하고 정해진 틀에 순응하며 살아갈 수밖에 없는 존재의 가련함이 흘리는 눈물이다.

도심에도 개나리와 벚꽃이 제법 많이 피었다. 하지만 위압적인 도시 공간 구조 속에서 좀처럼 그들과 교감하지 못한다. 곳곳에 상품 이미지가 난무하고, 자본은 사색할 공간까지 접수해버렸다. 도시는 온통 '소음의 바다'다. 산에도 휴식년제가 있듯이 구·동별로 공사 휴식년제 좀 실시했으면 좋겠다. 이런 공간에서 봄날의 사색이 가능하기라도 한가.

천박한 물질지상주의 세태 속에서 전에는 듣지도 못했던 끔찍한 사건들이 꼬리를 물고 터지고 있다. 그런데도 사람들은 별 반응이 없다. 여간해선 마음도 열지 않는다. 뻣뻣한 '정치'는 닫힌 사회를 더욱 부채질한다. 온 국토를 개발 대상으로 보는 이명박 정부의 '토목공사식 경제 정책'은 그 끝을 짐작할 수 없다. 일부 관료의 행태는 어떤가. "1천 킬로그램의 성실보다는 1온스의 아부가 값진 가치를 지닌다"라는 '처세 비결'을 입증하듯, 대통령의 입만 쳐다보고 있다. 상상력의 빈곤에 허덕이는 정치다.

주위의 새순과 꽃망울은 속절없이 희망의 메시지를 터트리고 있다. 이 메시지에 감화된 인간들이 많아져서 딱딱한 껍질을 벗고 지금보다 더 부드러운 세상을 만들 수 있다면 정말 얼마나 좋을까. 오늘도 출근길 전철역 안엔 한 노숙자가 꽃샘추위에 맨몸을 떨고 있다. 현실을 목격하는 것은 너무 힘들다. 하지만 진정한 진일보(進一步)는 스스로를 보며 눈물 흘리는 영혼처럼, 아파도 눈감지 않고 이 추락들을 똑똑히 지켜보는 일이다. 화사한 봄날에 순일한 꽃잎들이 활짝 웃으며 나와 함께 춤추자는데, 그 손을 뿌리치는 내가 얄미울 뿐이다.

세상은
이미 아름다운데

어느덧 소슬바람이 분다. 봄이 되면 보드라운 걸음으로, 여름이 되면 재빠른 걸음으로, 그러다가 가을이 오면 아쉽고 느릿느릿하게, 겨울에는 멈춰 서버리는 듯한 계절의 바뀜은 경이롭기까지 하다. 여름에서 가을로 넘어갈 때와 한 해가 바뀔 무렵, 1년에 두 번 정도 계절의 통과의례처럼 마음이 허전하여 서성거릴 때가 있다. 젊은 시절, 가슴이 텅 비는 허전함을 마주치기가 힘들어 이따금 선제적인 방어행동을 취하곤 했다. 훌쩍 기차여행을 가는 것이었다.

친한 대학 친구와 진주 남강 촉석루에 가서 지금도 이름이 생생한 포장마차 '그냥 갈 수 없잖아'에서 술잔을 밤새 기울이다가 새벽이슬을 맞이한 기억도 또렷하다. 진주에서 공부했던 소꿉동무 친구로부터 받은 헤르만 헤세의 시집 책갈피 속에는 살랑살랑 어깨를 어루만지던 남강 변의 바람과 나뭇가지 사이로 유달리 밝게 빛나던 햇빛이 아직도 함께 끼어 있다.

나이를 먹어가면서 순수했던 그 시절을 다시 구성할 용기가 없게 된 요즘, 계절의 통과 의례를 슬기롭게 극복하는 방법 한 가지를 나름대로 터득했다. 그것은 문화예술 행위가 이뤄지는 장소를 작심하고 찾아가는 것이다. 예술의 카타르시스적 역할 덕분인지 거기에 가면 우선 평화롭고 행복하다. 이같이 예술은 일상의 사유 질서와는 다른 곳으로 우리를 안내해준다.

최근 공연 심사 부탁이 있어 한 음악회장을 찾았다. 허한 계절에 일부러 공연장을 찾지 않아도 되니 좋은 기회였다. 거기에는 친지와 제자인 듯한 청중이 대부분이었다. 클래식을 즐겨 듣는 편이지만 그날따라 왠지 공연장이 갑갑하게 느껴졌다.

연주자들이 그들만의 테크닉으로 무장하고는 청중에게는 숨소리와 인기척도 내지 못하게 하는 가학적인 공간 같았다. 마치 수고스런 훈련을 받지 않은 사람은 음악을 들을 자격도 없다는 듯이. 마음이 선선하게 흘러가지 못하고 덜커덩거렸다. 예술이 해로운 정서를 추방하는 것과 마찬가지로 유익한 정서도 추방할 수 있다는 말이 그때 생각났다.

과거의 음악 풍경은 사뭇 달랐다. 가족, 마을 단위로 함께 모여 연주하며 노래 부르고 춤추는 공동체적 신명을 펼쳤다. 하지만 음악이 분화되고 전문화됨에 따라 음악 본령의 속성을 상실하게 된 것이다. 니체는 소크라테스 철학 이후의 로고스 문화 개화가 음악의 정신인 파토스의 자리를 빼앗았다고 본다. '이론적' 인간의 도래다.

예술의 역할 가운데 놓칠 수 없는 한 가지가 유희성이다. 하지만 축제는 가끔 전복적 성격을 갖기도 해서 권력자에겐 위태로운 기획이 된다. 그래서 권력은 가능하면 축제를 통제 가능한 안전지대로 몰아넣으려 한다. 그런 이유로 '음악이 사람들 속에 있지 않고 콘서트홀이란 안전지대로 들어갔다'는 예술사학자 가다머의 분석이 왠지 설득력 있게 들린다.

연주장에 갇힌 내내 이런 생각이 들었다. 어떤 창조적 활동 없이도 자연과 삶은 이미 아름다운데 우리에게 예술은 왜 필요한 것일까? 그 같은 생각에 이르니 산에서 음악을 틀어놓고 활보하는 사람에게 보냈던 짜증도 어느 정도 걷어 들일 마음의 공간이 생겼다. 관객의 관심을 사로잡지 못하는 예술은 그 속에 어떤 좋은 것이 담겨 있어도 결국 실패작인 것이다. 내가 느끼는 것이 아니라, 우리가 느끼는 것을 표현할 수 있을 때 비로소 예술이라 하지 않겠는가.

시민들이 우연찮게 예술과 만날 수 있는 기획을 많이 만들어야 할 때다. 찾아가는 예술, 거리 예술과 같은 여러 가지 방법이 있을 것이다. 포장마차 '그냥 갈 수 없잖아'를 찾는 단골손님들처럼, 우연치 않게 예술과 만난 사람이 그냥 갈 수 없게 만들어 앞으로 예술 애호가가 될 가능성을 활짝 열어놓아야 한다. 예술이 예술가의 전유물이란 생각에서 좀 더 자유로워져 바깥에서 많은 사람들과 함께 축제를 벌이는 모습을 보게 되었으면 좋겠다.

계절이 주는 공허함을 달래기 위해 찾아간 공연장에서, 지금 이뤄지는 일부 예술 행위의 공허함만 곱씹고 돌아온 어느 가을날이었다.

바보들의 행진, 편지

소슬바람에 가슴이 헛헛한 날, 누구에겐가 편지 한 통쯤은 보내고 싶은 계절이다. 평소 알고 지내는 음악인이 있는데, 그가 출연하는 음악회의 주제가 편지와 우체통에 관한 것이란다. '광속도의 시대'에 어울리지 않게 웬 편지와 우체통이라니. 호기심에 이끌려 그 공연장을 찾았다.

깊어가는 가을밤의 소박하고 아름다운 작은 음악회였다. 한 출연자가 사랑하는 딸에게 보내는 편지 낭독이 눈길을 끌었다. 목이 메는 듯한 목소리로 "사랑하는 딸아, 평생 처음으로 너에게 편지를 쓰는구나. 너도 나에게 한 번도 편지 쓴 적 없잖니, 피장파장이지. …… 언제 노래방에서 함께 노래 한번 실컷 부르자꾸나"라며, 밝게 잘 커서 딸아이 이름같이 세상에 도움을 주는 사람이 되기를 당부했다. 마음의 우표를 붙이고는 무대 위 빨간 우체통에 예쁜 편지를 '퐁당' 집어넣을 때는 왠지 모르게 가슴이 찡해졌다.

정성스레 쓴 편지를 봉투에 넣고 우표를 붙여 우체통까지 갔던 기억이 언제인가. 여행지 우체국 한편에 서서 친구에게 가슴 설레며 보냈던 낭만적인 편지 한 통의 기억도 가물거린다. 며칠이 지나서야 상대방에게 도착하고, 답장을 받으려면 또 다른 며칠이 지난다. 편지는 그래서 기다림과 느림의 미학이다.

편지와 우체부 하면 떠오르는 영화가 〈일 포스티노〉다. "시란 쓴 사람의 것이 아니라, 그걸 필요로 하는 사람의 것"이라는 구절이 선명하게 남아 있는 이 영화는, 참여시인 네루다와 섬 우체부 간에 나누는 지중해 코발트 빛깔처럼 맑고 따뜻한 우정 이야기다.

얼마 전 상영된 영화 〈맘마미아〉 역시 친아버지를 확인하려는 여주인공이 세 명의 남자에게 지중해의 섬에 들러줄 것을 간곡히 요청하는 편지를 보내는 것에서 이야기가 전개된다. 그 흔한 이메일과 휴대폰을 사용했다면 섬에서 벌어지는 한바탕 로맨틱한 소동은 성사되기 어려웠을 것이다.

마음을 담은 '편지'와 이를 전하던 '우체통'이 사라지고 있다. 아파트 우편함 안의 우편물도 요금 명세서와 홍보전단지뿐, 정이 담뿍 담긴 편지는 찾기가 어렵다. 사람과 사람 간의 관계마저도 인스턴트화돼가는 느낌이다.

윤성택 시인의 「주유소」다.

　　단풍나무 그늘이 소인처럼 찍힌

주유소가 있다 기다림의 끝,

새끼손가락 걸 듯 주유기가 투입구에 걸린다

행간에 서서히 차오르는 숫자들

어느 먼 곳까지 나를 약속해줄까

……

그래서 오색의 만국기가 펄럭이는 이곳은

먼 길을 떠나야 하는

항공우편봉투 네 귀퉁이처럼 쓸쓸하다

처음 길을 가다가 주유소가 나타나기를

기다려본 사람은 안다 여전히

그리운 것들은 모든 우회로에 있다

그렇다. 정말 소중한 것들은 한참을 돌고 돌아서야 겨우 만날 수 있을지도 모른다. 누군가에게 한 통의 편지를 쓰는 사람들 역시 기다림과 불편을 자발적으로 선택한 사람들일 게다. 비현실적인 낭만주의자란 비아냥거림을 들을망정, '과거를 지키기 위해 미래를 희생'하는 순진한 사람들도 있을 것이다. 그 같은 '작은 바보들'의 행진이 계속되지 않았다면 이 세상은 벌써 끝났을지도 모른다.

"여기가 아파요, 하지만 자꾸만 아프고 싶어요." 영화 〈일 포스티노〉에서 가슴에 손을 얹은 채 사모하는 여인의 마음을 사로잡기를 기대하는 우체부가 시인 네루다에게 한 말이다. 깊어가는 가을날, 틈을 내서 그리운 누군가에게 마음이 가득 담긴 편지 한 통 적어 보내면 어떻겠는가.

　주위에 우울한 이야기만 가득하다. 졸지에 실업자가 돼 어떻게 해야 할지 모르는 사람들, 대학 입학시험에 실패해 방황하는 청소년들, 매출 부진으로 폐업하는 자영업자들, 더욱 팍팍해지는 삶에 지쳐가는 사람들이 한둘이 아니다. 주위 누군가가 힘든 상황에 처해 있다면, 이들에게 따뜻한 마음이 담긴 편지 한 통 보내는 것은 어떨지. 그 편지는 어려운 처지의 사람들에게 삶의 소중함을 다시 일깨우는 작은 위안이 되어줄 것이다. 찬바람이 부는 가을, 사람과 사람을 이어주는 편지 한 통 정성스레 써보자.

시인 조풍호 씨의
하루

　최근 경기문화재단이 실시한 예술인 생활 실태조사에 따르면 문화예술인 가운데 40%는 아예 수입이 없고, 수입이 100만 원 미만이라는 응답도 68%나 됐다. 예술인들의 힘든 생활을 짐작은 했지만, 통계에서 실제로 확인한 것이다.

　그러던 중 중견시인 조풍호 씨(43)를 만났다. 술집웨이터에서부터 신발공장 노동자, 중국집 배달원까지 안 거친 직업이 없다고 한다. 그의 이력을 먼저 들으면 생활에 찌든 울뚝불뚝한 모습이 떠오르지만 실제로 보는 그는 전혀 그렇지 않다. 수수하면서도 순수하고 낙천적인 모습이다. 최근 선배 시인 최영철 씨로부터 청소년수련원 창작교실 강사 자리를 물려받아 일자리를 하나 얻었다.

　조풍호 씨의 이야기를 듣고 있으니 예술과 생활이 충돌할 때가 많은 것 같다. 시인으로서 가장 힘든 순간은 생계에 포박당해 시에 몰두할 시간이 오지 않을 때다. 마음껏 시 쓰는 일에 전념해보았으면 소원이 없겠다고 한다. 그인들 세상 돌아가는 이치에 순응하며 영리하게 돈 버는 일에 나섰다면 안정적인 생활을 누리지 못했을까.

그가 최근에 쓴 시 두 편을 보여주었다. "잠파노를 팝니다/ 길이 끝난 바닷가에, 가슴에서 끊어진/ 강철 사슬처럼 주저앉아버린/ 기인 트럼펫 오열을 팝니다." "살아갈 날이/ 갈아 논 밭뙈기처럼만 붉었으면 좋겠다만, 하루가 아주 없었던 것처럼/ 햇살이 철썩/ 산 그림자를 엎어버린 날엔/ 도무지 꽃들도 없었던 것 같아." 누구든 삶을 완수하기 위해 걸어가는 고독한 길에서 유리조각처럼 날카롭게 찌르는 절망감과 아픔이 공감된다. 사회공동체가 겪는 아픔을 누구보다 더 민감하게 느끼며 조 시인이 밤새워 쓰는 시들은 그 아픔이 힘으로 바뀌는 '정화'를 독자로 하여금 경험하게 한다.

돈벌이와는 거리가 멀 수밖에 없는 예술인들에게 창작에 전념할 수 있는 '제도의 집'을 마련해줄 수는 없을까. 경제학에 '이로운 외부성'이란 개념이 있다. 시장 논리와는 별개로, 어떤 사람의 활동이 제삼자에게 의도치 않은 혜택을 주는 경우다. 예를 들면 연구실에서 순수과학 연구에만 몰두하는 과학자는 여러 경로를 통해 사회에 기여한다. 사회는 응당 그에게 합당한 대가를 치러야 하지만 실제 돌아오는 보상은 빈약하기 그지없는 현실이다.

예술 역시 '이로운 외부성'의 영역에 속한다. 진정한 예술은 내가 느끼는 것이 아니라, '우리'가 느끼는 것을 인지하고 명료화한다. 예술인은 이와 같은 행위를 통해 공적 활동으로서의 예술적 노고를 수행하는 것이다. 예술은 경직된 사회에 말랑말랑한 상상력과 창의력까지 선물한다. 상상력과 창의력에서 비롯되는 경제적 효과만 해도 이루 헤아릴 수 없을 것이다. 또 '잠수함의 토끼' 처럼 물질지상주의 세태에 제동을 가하고, 공동체 의식이 위험 수위에 오르면 경종을 울린다. 하지만 이 모든 '이로운 외부성' 에도 아랑곳없이 예술은 시장으로부터 받는 물질적 보상과는 거리가 멀다.

사회학자 울리히 벡도 이와 비슷한 상상을 했다. 계약에 의한 노동뿐만이 아니라 사회의 민주적 가치를 실현하는 모든 활동을 21세기에는 노동으로 인정해야 한다는 것이다. 이런 활동에 국가가 '시민 급여' 를 지급할 의무가 있다는 주장이다. 예술 역시 '다양성' 이라는 민주적 가치를 생산한다. 벡의 주장대로 예술인에게도 시민 급여를 지급해야 할 당위성은 충분하다. 독일, 영국, 프랑스에서 실시하는 다양한 형태의 예술인 사회보험과 연금 제도가 '시민 급여' 에 가까운 개념이다.

이명박 대통령도 대통령선거 공약으로 '문화예술인 공제회' 도입을 약속한 적이 있었다. 그와 맞물려 한국문화예술위원회가 '예술인 복지모델 연구 용역' 에 들어갔다. 유인촌 문화체육관광부 장관도 지난 인사청문회에서 140억 원의 재산을 예술인을 위해 사용할 뜻이 있다고 밝힌 적이 있다. 하지만 어떻게 된 이유인지 아직 별다른 진전이 없다.

예술인들의 창작 활동을 소중한 '사회적 성과물' 로 인식하는 분위기가 필요하다. 그러한 분위기를 여는 첫 단추를 수도권보다 훨씬 열악한 여건에 놓여 있는 부산에서 먼저 꿰어보면 어떨까. 부산시와 부산문화재단, 예총, 민예총이 함께 고민하면 작은 성과라도 얻을 수 있을 것이다.

예술인에 대한 간접 지원도 필요하다. 각 동에 한두 명 정도 문화복지사를 둬 주민과 청소년들의 예술 교육과 지역 문화 프로그램을 맡게 하는 제도를 생각해볼 만하다. 또 공공 유휴 시설을 활용해 예술 작업공간으로 만드는 레지던스 조성 사업도 추진할 필요가 있다. 학교마다 문화 전담 교사를 배치해 학생에게 창의력 교육을 하는 정책적 상상력도 펼쳐야 한다.

시인 조풍호 씨와 헤어져 돌아오는 길에 좀처럼 떨치기 어려운 생각 한 가지가 있었다. 예술의 존재 이유와 사회적 기여에 대해서 우리 사회가 너무나 모르고 있다는 것이다.

봄빛과 명작은
다시 돌아온다

봄빛이 하도 밝아서 마음이 저절로 열리는 계절이다. 차례를 이어가며 꽃잎들이 밝은 기운을 전하는 요즘, 부산에서 볼 만한 전시회가 있어 가보았다. 부산시립미술관에서 열리고 있는 「모네에서 피카소까지」전이다. 인상파 거장에서부터 야수파, 입체파 거장에 이르기까지 미국 필라델피아 미술관이 소장하고 있는 작품을 다수 선보이고 있다.

미술관 주위와 길가에 선 물오른 나무들에는 연둣빛 새 잎이 빛나고 있어 경이롭다. 연둣빛 세례를 받으며 걸어가니 온몸이 연둣빛 세상 속으로 빨려 들어가는 기분이다. 좋은 예술 작품들 역시 이렇듯 하나의 고유한 빛 속으로 젖어들게 한다. 시간이 흘러도, 시대가 바뀌어도 변하지 않는 예술적 보편성의 정체는 과연 무엇일까. 이른바 명작으로 불리는 작품들은 어떤 매력이 사람들에 감동을 주는지 궁금했다.

조각가 콘스탄틴 브랑쿠시의 작품 「입맞춤」에서 아찔한 느낌이 시작됐다. 서로가 없으면 하나가 될 수가 없다는 듯, 완전한 형태의 이 작품은 전혀 에로틱하지도 않고 관능적이지도 않다. 그냥 남녀가 마치 한몸인 듯 자연스럽게 꼭 껴안은 순수한 입맞춤에서 어떤 신성한 기운까지 느껴졌다. 바로 이런 모습이 우주적인 '합일(合一)'의 상태가 아닐까 하는 생각을 해보았다.

이 합일이란 단어가 떠오르자 보편성의 실마리가 풀려나는 듯했다. 인간의 원래 본성이야말로 주위 대상들과 하나가 된 합일적인 상태일 것이다. 사회가 진화됨에 따라 이 합일의 상태가 파편화된다. 극도로 고립된 현대사회에서 개인들은 근원적인 존재의 불안감을 항상 안고 살아간다. 감상자들은 대상과 하나가 된 작품을 통해, 잃어버린 고향과 같은 조각들을 다시 발견하는 포근함을 누리게 되는 것이다. '합일의 아우라'를 지닌 작품들은 현대인들이 감당해야 할 소외와 불안의 격렬함을 덜어준다.

인상주의 화가들이 담아내려고 했던 빛의 생생한 표현은 그림을 보는 사람의 마음 심층에 묻혀 있던 근원적인 그리움을 불러온다. 골짜기에서 염소를 치던 목동 앞으로 노을 구름이 번져가는 광경, 정오의 부서지며 쌓이는 햇빛, 오후의 그림자처럼 비켜 가는 햇빛들. 이와 같은 바람, 햇빛, 그리고 대기의 변화는 우리가 진짜 지켜봐야 하는 살아 있는 것들의 본질일 게다.

'인공의 불빛이 켜지면 밤, 꺼지면 낮'으로 인식하며 하루 사이 일어나는 햇빛의 변화도 느끼지 못하는 존재가 우리 아닌가. 모네의 「수련, 일본식 다리」는 빛이 이렇게 황홀하며 신비하다는 것을 보여주고 있다. 만년에 시력이 약해진 모네가 포착한 햇빛의 인상은 보이는 풍경과 일생을 천착했을 풍경 너머 보이지 않는 세계가 혼융되어 뿌려진 색채처럼 나타나 있었다.

결국, 진정한 작가는 그가 원하든 원하지 않든 자본주의 사회의 소외, 파편화 같은 부작용과 소리 없이 싸우고 있다. 하지만 이것만으로는 사람들의 마음을 움직이는 보편성을 설명하기 어렵다. 수용자층을 향한 '합일'도 동시에 진행돼야 할 것이다. 자기 내면을 치열하게 탐구하는 '나'는 물론, 그것이 보편적인 정서로 인식되기 위해서 '너'를 향해서도 열려 있어야 한다. 작가가 맨 처음의 어지러운 정서와 생각들을 상상력으로 승화시켜 '현실화된 정서와 생각'으로 인식시키는 치열한 과정이다. 그렇게 함으로써 한 작품은 비로소 우연적인 성격을 버리고 전형적인 것이 된다. '너'와 연결되지 않을 경우 상상력은 개념적 사치에 불과할 것이다.

인간미 넘치고 순수한 시대를 살았던 과거의 예술가들은 '너'와의 합일이 비교적 용이했던 행복한 사람들이었다. 예술가가 추구하는 '합일의 아우라'에 과거의 순수했던 사람들은 쉽게 공감하기 마련이다. 하지만 지금은 순수한 영혼을 가진 개체들이 버티기 어려운 상황이 됐다. 예술가들이 아무리 '예술적 아우라'를 외쳐도 대중은 쉽게 반응하지 않는다. 이 '난감한 시대'에, 예술가들이 보편성을 확보하기 위해서는 더 치열한 예술적 뚝심이 필요하게 됐다.

공연 입장료,
왜 비싼가요?

호주머니 형편이 넉넉지 못한 사람들은 유명한 공연 한 번 보려면 큰마음을 먹어야 한다. 공연 시작 전에 싼 값의 티켓으로 입장하고는 휴식 시간이 되자마자 비싼 좌석 쪽으로 재빠르게 이동하는 풍경을 심심찮게 볼 수 있다. 공연장에 오지 않은 VIP 좌석들을 눈여겨보고 있다가 빈 좌석을 발견하면 '행동 개시'를 하는 것이다. 이런 풍경을 마르크스가 보았다면 '계급 이동'이란 용어를 사용했을지도 모를 일이다.

최근 들어 외국 유명 공연단체의 연주회 입장료가 고공행진이다. 물론 아직까지 주로 수도권 이야기이기는 하다. 외국 유명 오페라단 공연의 경우 로열석 가격이 무려 60만 원, 50만 원대에 이른다. 두 사람이 함께 관람하려면 각각 120만 원과 100만 원을 내야 한다. 세계적인 오케스트라의 내한 공연 역시 로열석이 45만

원, 40만 원, 30만 원, 25만 원대다.

최근 국내에서 공연을 한 외국 유명 오케스트라의 경우 로열석 티켓 가격이 40만 원, S석 30만 원이었다. 그런데도 티켓은 공연 시작 일주일 전에 모두 매진됐다. 이 오케스트라는 서울 공연을 마치고 곧바로 홍콩과 호주 시드니로 떠났다. 그곳의 로열석 티켓은 21만~22만 원 선에 그쳐 유명 오케스트라의 한국 공연에 적지 않은 거품이 끼어 있었다는 것을 알 수 있다.

이렇게까지 입장권 가격이 비싼 이유가 뭘까. 여러 이유가 있겠지만 상류층을 겨냥해 '명품 소비' 심리를 자극하는 것도 한 원인일 게다. 여기에다가 입장료를 낮게 매기면 B급 공연으로 평가하는 대중 심리까지 한몫 거든다. 즉, 가격이 오르는데도 수요가 줄지 않고 오히려 증가하는 '베블렌 효과'를 누리는 것이다. 이 같은 현상은 대중의 문화적 접근을 과시적 '소비'로 유도하는 최근의 얄팍한 상술과도 연관이 있다.

우리 사회에서 경제적 양극화와 함께 문화적 양극화도 빠르게 진행되고 있다. 돈에 구애받지 않고 문화를 맘껏 즐기는 부유한 '마니아층'이 있는가 하면, 생계에 찌들어 문화생활이 '사치'가 되는 '문화 소외계층'이 공존한다. 문화는 공공재 성격이 강하다. 보편적으로 누려야 할 문화적 권리는 차단되고 '누릴 형편이 되는 사람들만 누려라'는 시장의 논리가 판을 쳐서는 곤란하다. 쉽게 돈 되는 문화만 생각하며 문화를 오직 산업적인 차원에서 접근하고 있는 것은 아닌지 생각해볼 일이다.

상황이 이런데도 문화 소외계층에 지원되는 예산은 찾아보기가 어렵다. 케인스는 어떤 것이든 기업에 맡겨두면 이윤 추구란 비인간적인 상태가 발생한다고 벌써 일깨워주었다. 그는 예술 활동 역시 국가와 지방자치단체가 앞장서서 이끌어야 한다고 주장했다. 문화의 공공적인 가치를 소홀히 여겨서는 안 된다는 뜻이다.

문화시장에서의 '성공'은 화려함과 쇼킹, 그리고 화제성과 연결되기 마련이다. 결국 '시각 쾌락'을 높여야 '대박'을 터트린다. 문화산업의 논리로 문화를 경제적인 잣대로만 재단한다면 이런 흐름은 가속도가 붙게 되어 있다. 외국의 대형 기획사들이 엄청난 자본으로 국내 시장을 끊임없이 노릴 게 뻔하다.

정부가 이 같은 폐해를 어느 정도 인식하고 저소득층도 문화를 누릴 수 있는 '문화 나눔 사업'을 실시하고 있다. 하지만 아직까지 이런 노력이 별 효과를 얻지 못하고 생색내기에 그치고 있다. 공공 기관에서 저소득층을 위한 저가 공연과 무료 공연을 많이 기획하는 것도 생각해봄 직하다. 우리 사회의 문화적 양극화 현상을 이대로 둔다면 결국 '문화자본'의 격차는 더 벌어질 수밖에 없다.

에릭 클랩튼, 그리고
조용필과 신중현

에릭 클랩튼

포근한 밤의 커튼이 드리워졌을 때, 사랑하는 여인을 위해 들려줄 만한 노래로 에릭 클랩튼의 「원더풀 투나잇(Wonderful Tonight)」보다 더한 것이 있을까. 어떤 이는 "끝없이 길게 이어진 하얀 천이 부드럽게 바닥을 쓸며 지나가는 모습이 그려진다"고 표현했다. 이 곡은 에릭 클랩튼이 사랑하는 여인 패티 보이드(클랩튼의 절친한 친구이자 비틀스 멤버인 조지 해리슨의 부인)를 위해 만든 곡이다.

패티는 신비주의에 심취한 조지 해리슨이 가정에 소홀하자 이혼한다. 그 후 에릭 클랩튼과 재혼하게 되는데, 당시의 넘치는 기쁨을 표현한 노래가 바로 「원더풀 투나잇」이다. 파티에 가기 전 어떤 옷을 입을지 고민하던 그녀를 기다리며 10분 만에 이 곡을 만들었다고 한다. 하지만 힘들게 결혼한 이들도 에릭 클랩튼의 마약 남용으로 6년 후 결국 이혼한다. 여기서 흥미로운 것은, 세 사람은 조지 해리슨이 사망할 때까지 앨범과 콘서트 작업을 함께하면서 영원한 우정을 계속 나눴다는 사실이다. 서양에서 흔히 볼 수 있는 '결혼 따로, 우정 따로' 식의 사랑법이다.

에릭 클랩튼은 제프 벡, 지미 페이지와 함께 세계 3대 기타리스트로 불리는 기타의 전설이다. 그의 연주에 감동해 기타를 든 사람, 혹은 따라잡을 수 없다는 절망감에 기타를 버린 사람도 많을 것이다. 영국에서 미혼모의 아들로 태어난 그는 음악으로 외로움을 달렸다. 잘 알려진 「티어스 인 헤븐」도 사고로 아들을 잃은 슬픔을 애절하게 부른 노래다.

에릭 클랩튼의 드라마틱한 삶을 들여다볼 수 있는 자서전이 국내에서 발간되었는데, 그는 책에 이렇게 적었다. "음악은 모든 것을 극복하고 살아남으며, 신과 마찬가지로 항상 존재한다. 구해 달라고 도움을 청하지 않으며 방해물이 있어도 끄떡없다." 격정적인 사랑, 마약과 알코올 중독의 파란만장한 인생 속에서 그의 삶을 꿋꿋이 지탱시켜준 음악세계다.

조용필

사회학자 아도르노는 대중음악의 폐해를 다음과 같이 꼬집었다. 첫째, 표준화다. 대중음악은 클래식과 달리 어느 부분을 떼어내 다른 음악을 끼워 넣어도 괜찮을 정도로 표준화돼 있다는 것이다. 둘째, 단순화다. 대중이 일상의 단조로움에서 벗어나려 대중음악을 찾지만 결국 단조로운 세계로 돌아간다. 셋째, 사회적 접착제 역할이다. 자본주의 사회에서 힘 있는 비판 세력으로 살아 있어야 할 노동 계급이 대중음악에 마취돼 결국 시스템에 순치된다는 것이다.

대중을 주인이 아니라 이윤추구 대상 정도로 취급하는 최근 대중음악계를 보면 아도르노의 날선 비판도 수긍이 간다. 하지만 '모든 장르의 음악을 집대성한 음악가' 로 기억되며 다양한 연령층에서 고정 팬을 확보하고 있는 '국민 가수' 조용필은 예외인 듯하다. 예술성과 대중성을 함께 추구하는 그의 노래 하나하나에는 가볍게 다룰 수 없는 메시지가 담겨 있다.

그에게 따라붙는 '최다', '최장', '최고' 의 수식어도 이루 헤아릴 수가 없다. 1980년부터 1986년까지 최고가수상을 휩쓸며 '가요제왕' 의 입지를 굳혔지만, 1986년 말 "더 이상 가수왕에 오르지 않겠다"고 선언해 화제가 되기도 했다.

데뷔 40주년을 넘긴 가수 조용필은 평소 이렇게 이야기한다. "프랭크 시나트라가 80세에 노래하는 걸 들었는데 슬펐다. 나는 노래 부를 힘이 없어지면 홀연 대중 앞에서 사라질 것이다……." 어떤 유혹에도 휩쓸리지 않고 고독한 길을 걸어온 가수 조용필의 인생을 일러주는 것 같다.

신중현

한 번 보고 두 번 보고 자꾸만 보고 싶네

아름다운 그 모습을 자꾸만 보고 싶네

그 누구나 한 번 보면 자꾸만 보고 싶네

그 누구의 여인인가 정말로 궁금하네

……

한국 록음악의 기념비적인 신중현의 노래 「미인」의 가사이다. 이 음악은 한때 크게 유행해서 식당에서는 '한 번 먹고 두 번 먹고', 구두를 닦을 때는 '한 번 닦고 두 번 닦고'로 개사되어 불렸을 정도다.

무언가에 중독되고 싶다는 충동을 담은 이 노랫말은 그의 음악적인 삶과도 연결된다. 인간이 만든 규칙들이 인간을 옭아매고 있는 현실에서 그 어떤 것도 개의치 않고, '하고 싶은 것을 그냥 하겠다'는 그의 솔직한 자세는 '아름다운 중독'으로도 불린다. 그런데 이를 그만의 욕망으로 단정해버리기에는 뭔가 허전한 것 같다. "다 버려라. 코드까지 다 버려라. 그냥 좋아서 음악하라"는 그의 말에서 68학생운동의 유명한 구호 "지배로부터 자유로운 구역!"이란 구호가 연상되는 것은 상상의 비약일까.

벙거지를 쓰고 자기 키만 한 기타를 둘러맨 채 무대에 나타났던 신중현. 17세 즈음, 엘비스 프레슬리에 미쳐 무작정 라이브 업소에 찾아간 것이 여태껏 음악을 하게 된 이유가 됐다고 한다. 「봄비」, 「미인」, 「아름다운 강산」, 「빗속의 여인」, 「커피 한 잔」과 같은 수많은 명곡을 작곡했다. 독재 정권이 들어서자 신중현의 많은 노래들이 퇴폐적이라는 이유로 금지당하기도 했다.

신중현이 한국 대중음악사에 끼친 영향력의 평가는 전문가들의 몫이다. 하지만 그의 음악적 삶을 찬찬히 들여다보면 다음과 같은 말이 어울린다. "몸이 늙는 건 숙명이지만 정신이 늙는 건 선택이다. 여전히 희망과 용기를 좇으며 즐겁게 살아가는 늙은 청년들이 있다."

우리는 과연
유쾌한가?

얼마 전 이상의 소설 『날개』를 창작 발레화한 작품을 보았다. 그런데 훗날 우연히 그 공연의 안무를 맡았던 한 중견 춤꾼을 만났다. 그는 공연을 준비하면서 고민거리 한 가지가 내내 머리를 맴돌았다고 이야기를 꺼냈다. "박제가 되어버린 천재를 아시오? 나는 유쾌하오"로 시작하는 첫 구절의 근원적인 물음이었다.

소설 속의 주인공 '나'는 아내가 매춘행위로 벌어다주는 돈으로 살아가며, 게으르고 의욕도 없다. 아내는 매춘으로 번 돈의 일부를 주인공에게 건넨다. 그러던 어느 날 주인공은 거꾸로 아내 손에 돈을 쥐어주고, 처음으로 골방이 아닌 아내의 방에서 잠자리에 든다. 돈의 가치와 의미를 몰랐던 주인공이 마침내 돈의 위력을 깨닫게 되는 것이다.

그 중견 춤꾼의 고민은 일제의 억압 속에서 어떤 것도 할 수 없었던 당시 지식인들의 처지와도 같았던 '나'의 유쾌함을 어떻게 표현할 것인가였던 것 같다. 그러다가 어느 날, 전철 안에서 책을 읽다가 무언가가 섬광처럼 스쳐 "바로 이것이다"라며 무릎을 탁 쳤다고 한다. 아리스토텔레스의 "참고 인내하는 게 아니라, 기꺼이 하는 것, 바로 그것이 유쾌함의 본질"라는 말에서 생기가 돌았다.

"주인공 '나'를 따라하는 것이 아니라, 우리 스스로 기꺼이 하는 것, 그래서 춤꾼 내면에 잠재해 있는 유쾌함의 본질을 끄집어내는 것이다"라는 해석에 단원들도 공감하였다. 작위적 모방이 아닌, 마음에서 자연스레 우러나오는 느낌을 표현하자는 데 의견 일치를 보고는 땀을 쏟았다고 한다. 그는 '내가 왜 춤을 추는지에 대해' 이따금 회의를 가지기도 했지만 아리스토텔레스의 말이 넌지시 던진 유쾌함으로 인해 춤에 대한 새로운 의욕과 애정을 가질 수 있었다고 기쁘게 말했다.

가장 적합한 예술 언어를 찾기 위해 고민하고 탐구하는 한 춤꾼의 열정이 아름다워 보였다. 이러한 모색은 관객들에게도 비슷한 경험을 안겨줘 그들의 삶을 풍요롭게 하는 계기가 될 것이다. 릴케는 고대의 아름다운 아폴로 토르소 조각 작품에 크게 감동하고는 그 기쁨을 표현한 시를 쓴 적이 있다. 그 조각 작품이 릴케에게 "너는 삶을 바꾸어야 해"라고 말을 걸며 새로운 삶의 결단을 촉구하는 것 같다고 적었다. 예술이 존재하는 소중한 이유 중의 한 가지가 아닌가 한다.

참는 것이 아니라 기꺼이 하는 것. 마음속의 빈 공간이 어떤 깨우침을 줄 듯한 가을날, '유쾌함'의 본질이 내 마음속에도 아른거렸다. 고대 그리스 시대, '너 스스로를 알라'의 상위 개념이 '너 스스로를 배려하라' 였다고 하지 않는가.

상식과 비상식, 허락과 금지, 폭력과 비폭력, 강제적인 것과 자발적인 것이 오고 가는 아슬아슬한 일상의 줄다리기 속에서 우리가 매일매일 경험하는 유쾌함의 함량이 어느 정도인지 짐작하기조차 힘들다. 현실에서 유쾌함이란 어떤 장면들일까. 사람들은 어떻게 유쾌하게 살고 있을까?

그래서 아는 사람들에게 유쾌함이 무엇인지 생각나는 대로 답해줄 것을 채근했다. '마음이 통통 튀는 것', '사람과 사람의 마음이 진심으로 통하는 것', '망설임 없이 앞으로 행진할 때 부닥치게 되는 것을 기꺼이 받아들이는 것', '몰입에서 생기는 정신적인 쾌락', '갑갑한 곳에 있다가 상쾌한 바람을 맞는 것', '남에게 먼저 인사를 건넨 후 느끼는 감정'. 제각각 내면에 저장되어 있던 유쾌한 장면들이 새삼스레 생각난 듯 대답도 여러 가지다. 그렇다면 내가 생각하는 유쾌함이란? 이집트 사람들은 저세상에 가면 신이 두 가지 물음을 던질 거라고 믿는다고 한다. 하나는 '인생에서 기쁨을 찾아냈는가', 다른 하나는 '남에게 기쁨을 주었는가.' 그래서 '나의 기쁨이 너의 기쁨이 되는 순간'을 나의 유쾌함이라고 정의하고 싶다.

내가 우선 유쾌해져 주위 사람들을 기쁘게 하는 일을 찾아봐야

겠다. 다른 사람에게 화를 내는 사람은 스스로에게 화가 난 사람이
지 않던가. 우리 모두도 마음마다 한 가지씩 유쾌함을 품고 나의
기쁨이 너의 기쁨이 되는 공동체적 온기를 나누는 유쾌한 사회가
되었으면 좋겠다. 그리하여 보통사람들의 유쾌한 기운이 사회 곳
곳의 불쾌한 기운을 몰아내 밝은 웃음과 희망이 넘실대는 건강한
사회가 되었으면 한다.

　예술과의 우연한 조우로 인해 '유쾌함'의 언저리를 더듬어본
것만으로도 족히 유쾌했던 며칠이었다.

예술이 밥 먹여 줄까?

예술과 돈, 이 둘은 팽팽한 긴장 관계를 이루면서 영원히 만날 수 없을 것 같이 평행선을 달린다. 예술가는 세상의 속물적인 흐름에 급진적으로 반대편에 있음으로써 딱딱하게 굳은 세상을 말랑말랑하게 바꾸는 존재일 것이다. 그런 이유로 예술가들은 세상 물정에 당연히 어두울 것으로 여겨진다. 하지만 예술과 돈의 냉랭한 궤간(軌間)을 자유로이 넘나들었던 예술인도 제법 많다.

바로크 미술의 거장 루벤스는 돈을 벌고 번 돈을 불리는 데 일가견이 있었던 화가였다. 그는 치밀하게 자기 홍보와 관리, 마케팅 전략을 펼쳐 생존 당시에 상당한 재력을 모았다고 한다. 20세기 미술계 최대의 스타가 된 피카소에게도 유명한 일화가 있다. 그는 무명시절에 화랑을 돌아다니면서 자기 그림을 사러 다녔다. 화랑마다 "피카소 그림 있습니까"라고 물었다. 화상(畵商)들은 피카소가 유명화가인 줄 알고 그의 그림을 찾기 시작했다. 금세 피카소는 세상에 알려졌다. 미켈란젤로 역시 "돈은 내가 이루어낸 온갖 눈부신 업적의 동기가 되었다"라고 말할 정도다.

쇼펜하우어는 "돈이 없는 사람은 자유인이 아니다"라고 잘라 말한다. 물려받은 재산은 있었지만 마땅한 벌이가 없던 그로서는 가계부를 쓰는 것을 잊지 않았다고 한다. 허무주의 철학자로 알려진 쇼펜하우어가 가계부를 꼬박꼬박 쓰다니, 재미있는 이야기다.

극심한 생활고에 시달린 것으로 알려진 모차르트는 실제로는 18세기 오스트리아 빈의 고소득 랭킹 5위 안에 들었다고 한다. 하지만 돈을 너무 몰랐던 그는 도박 습관과 낭비가 심했다. '천상에서 잠시 쫓겨난 음악 천사'는 지상을 지배하는 돈의 위력을 전혀 눈치채지 못했던 모양이다. 스스로의 운을 시험해보려는 양, 벌어들인 돈을 내기 트럼프와 당구에 속속 날려버려 생을 마감할 즈음에는 빚에 늘 시달렸다. 음악만큼 도박은 천재적이지 못했던 것 같다.

국내 미술 시장이 활성화되면서 국내 유화 작가들의 '작가-가격지수'가 처음으로 공개됐다. 예를 들면 박수근 430, 장욱진 158, 도상봉 100, 오지호 75와 같은 식으로 가격 지수를 매긴 것이다. 이들 작가가 살아생전에 자기 작품의 가치를 다른 작가와 비교해 돈으로 평가하려 했다면 불쾌하기에 앞서 화부터 크게 내고 보았을지도 모른다.

투자할 가치가 있는 작가를 뜻하는 '블루칩 작가'란 용어도 있다. 블루칩이란 투자 유망주식을 뜻하는 증권거래 용어다. 국내 한

은행은 예술품에 투자하는 '아트 펀드' 까지 선보이기도 했다. 금융자본주의 시대를 맞아 예술에까지 투자 개념을 연결시키는 상술이 놀랍다. 자본 시장의 투자 개념을 예술에 강제적으로 접붙이는 생소한 용어들은 그래서 낯설다. 행여 예술을 물신화하고 작가들을 '대박의 블루칩' 으로 유혹하지 않을까 걱정이다.

하지만 함민복 시인의 「긍정적인 밥」은 이 같은 블루칩 작가의 '대박 스토리' 와는 한참 거리가 멀어 보인다.

詩 한 편에 삼만 원이면
너무 박하다 싶다가도
쌀이 두 말인데 생각하면
금방 마음이 따뜻한 밥이 되네

시집 한 권에 삼천 원이면
든 공에 비해 헐하다 싶다가도
국밥이 한 그릇인데
내 시집이 국밥 한 그릇만큼
사람들 가슴을 따뜻하게 덮어줄 수 있을까
생각하면 아직 멀기만 하네……

영예와 돈에 기웃거리지 않고 예술의 긍정적인 '힘' 으로 살아가는 많은 예술인들이여, 힘내시기를.

엄숙주의 걷어차기

　'제아무리 형편없는 연주회라도 음반을 듣는 것보다는 낫다'는 말이 있다. 연주자의 악기를 떠난 아름다운 선율은 깊은 감동으로 다가와 오랫동안 마음 한편에 잔잔한 울림으로 남는다. 현장에서 섬세하고 생생한 음의 결을 직접 듣는 것은 음악 감상의 즐거움을 배가시켜주는 일일 게다.

　그렇지만 현장 연주회가 늘 감동을 주는 것은 아니다. 연주를 듣다 보면 때로는 연주자의 역량, 현장에 어울리지 않는 곡목 선택, 위압적인 공연장 분위기, 그리고 감상자의 기분에 따라 얼마든지 음악회가 지루하게 느껴진다.

　최근 한 음악회에 간 적이 있다. 그런데 안내 여직원이 자리로 다가오더니 함께 간 딸아이의 얼굴을 한참 민망하게 쳐다보고는 사탕을 뱉으라는 주의를 주며 휑하니 가버렸다. 정해진 규칙을 이해 못하는 바는 아니지만, 공연을 시작도 하기 전에 사람을 주눅 들게 한다고 생각하니 별로 유쾌하지는 않았다.

청중을 가끔 불편하게 하는 콘서트홀 연주 문화에 관한 생각들이 꼬리에 꼬리를 물었다. 방음 장치로 외부와 차단된 공간에서 연주자가 일어서면 객석은 갑자기 물을 끼얹은 듯 조용해진다. 긴장된 공기를 가르며 청중은 기침은커녕, 숨소리도 제대로 낼 수 없다.

이러한 분위기를 참지 못했던 대표적인 작곡가가 에릭 사티다. 그는 단순한 모티브를 계속 반복하는 작곡 기법을 도입해 청중을 긴장하게 하는 음악의 표현성을 제거하려 했다. 좌석에 앉아 집중해서 그의 곡을 감상하려는 청중에게 "계속 말을 해! 움직여! 음악을 듣는 게 아니야!"라고 화를 냈다는 일화가 있다.

19세기 이전 서양에서는 지금과 같은 형태의 콘서트홀을 찾아보기 어려웠다고 한다. 1777년 호르츠할프라는 화가가 그린 작품을 보면 당시의 연주회 풍경이 오늘날과 사뭇 달랐다는 것을 짐작케 한다. 무대도 없이 연주자와 관객이 함께 자유롭게 섞여 있고, 심지어 강아지까지 놀고 있어 당시 연주회 분위기가 상당히 자유로웠음을 짐작할 수 있다.

열렬한 현장 공연주의자들에겐 실례가 될지도 모르겠지만 이따금 거의 청교도적이라고 해도 좋을 정도로 금욕적인 연주회 분위기에 주눅 들 때가 있다. 그럴 때면 부산문화회관 인근의 고전음악 카페 '필하모니'가 생각난다. 부산에서 유일하다고 할 만큼 독보적인 고전음악 감상실이다.

필하모니의 존재적 가치에 대해서는 사람마다 평가가 다를 수 있다. 하지만 나에게 있어 이곳은 음악이 가끔 나를 '배신' 할 때 해방구와도 같았던 공간이다. 엄숙한 콘서트홀에서 수행해야 하는 주제부, 전개부, 재현부와 같은 골치 아픈 분석에서 벗어나서 음악 그 자체를 편하게 즐길 수 있게 해주었다. 아는 사람들과 즐겁게 담소하며 음악을 신청하면 들을 수 있는 혜택은 또 어떤가.

지난 1981년에 개업해 부산 클래식 음악다방의 산증인과도 같은 필하모니는 우여곡절이 많았다. 그 우여곡절은 현재도 진행 중이다. 조영석 사장은 경영이 어려우면 컨테이너 박스에서라도 클래식 음악 카페를 운영하겠다고 한다. 황소고집인 그는 타인의 영민함을 받아들이려는 준비가 도저히 안 돼 있는 듯하다. 하지만 그 우직함이 여태껏 그를 지탱해온 힘인지도 모른다.

사회가 강요하는 '획일화' 에 대항해 기대의 지평을 스스로 배반함으로써 자기 존재를 드러내는 사람을 곧잘 발견한다. 필요한 것만 좇는 실용주의 세태 속에서 스스로 '불필요한 존재' 가 됨으로써 딱딱하게 굳은 사회를 경고하는 유익한 존재들이다. 하지만 획일화의 추적을 피해 끊임없이 탈주를 해온 상징적인 존재들이 비틀거리며 체제의 포승줄에 언젠가 포박당하는 장면은 생각만 해도 참 씁쓸한 일이다.

산만하고 게으른 형태로도 음악을 듣게 해주며, 일부 층의 액세서리 같은 지나친 엄숙주의를 경고하는 듯하는 필하모니가 오래

버텨주었으면 한다. 또한 총체적으로 관리되고 있는 사회에 쉽게
빨려 들어가지 않는 '우직한 존재들' 을 앞으로 더 많이 만날 수 있
었으면 좋겠다.

주민의 삶이 사라진
도시 재생

　최근 성공적인 마을가꾸기 사례로 흔히 언급되는 부산의 남구 문현동 산동네 벽화 마을. 당장 쓰러질 듯한 낮은 키의 집 담장에 고만고만한 벽화들이 줄지어 있다. '희망'을 억지로 강요하는 듯한 어설픈 벽화와 주민의 실제 삶과는 어떤 관련이 있을까.

　외부 사람들이 어쩌다가 지나며 볼 때 낡은 담장에 그려진 밝은색 벽화는 보기에는 좋을지 몰라도, 담장 안에 사는 사람들의 삶이 보이지 않는 공허한 느낌이 들었다. 벽화를 배경으로 여기저기서 사진 찍는 것을 보니 주민들의 투박한 삶의 결들이 정겹게 쌓인 공간마저 상품화되는 듯하다.

　주민의 자발적 참여 아래 추진돼야 할 마을재생 사업이 탁상행정과 어설픈 키치적 미술이 결합돼 과거 새마을 운동의 획일성마저 연상시킨다. 그나마 새마을은 지붕이라도 파랗게 고쳐주지 않았던가. 이 같은 경우는 부산을 포함한 전국의 다른 도시에서 추진되고 있는 마을가꾸기 사업에서도 크게 사정이 다르지 않을 것이다.

관 주도의 마을가꾸기 사업과는 다르게 '아트 팩토리 인 다대포', '오픈 스페이스 배', '재미난 복수'와 같은 부산의 젊은 미술인들을 중심으로 마을만들기 공공미술 프로젝트가 시행되고 있다. 최근 부산시로부터 2억 원 규모의 지원금을 받은 '오픈 스페이스 배'의 '동구 산복도로 재생 사업'도 여기에 속한다. 부산시가 도시 재생의 갈피를 잡지 못하고 갈팡질팡하는 사이, 힘든 여건 속에서도 마을만들기에 대한 인식을 열어주고 문화의 개념을 넓힌다는 차원에서 신선하다.

하지만 젊은 미술인들을 주축으로 한 일련의 공공미술 프로젝트를 보면서 우려스러운 몇 가지 사실도 그냥 넘어갈 수가 없다. 우선, 조직적이지 못하고 단기 사업에 그친다는 사실이다. 지원금에 의존하다 보니 1년 단위 내지는 그보다 훨씬 짧은 단위로 추진돼 주민 참여에 적지 않은 한계를 보인다.

또한 주민들 입장에서는 '예술'보다는 '생존'과 '생활'이 더 중요한 일일 게다. 당장 비가 새는 지붕과 재래식 화장실을 고치는 '생활'이 더 급하다는 뜻이다. "정작 사는 사람들의 입장에선 삶의 질이 크게 달라질 것도 아닌데, '공공미술'을 앞세워 위세를 떠는 모양으로 비치지 않을까 솔직히 걱정된다"는 한 미술인의 이야기에서 현장의 어려움을 느낄 수 있다. 이렇게 되어서는 주민들의 요구와 예술적 상상력은 결국 서로 어정쩡하게 타협하기 마련이다. 주거 여건도 개선시키지 못한 채 설치 작품의 질마저 때론 어설프게 된다.

도시 재생의 대표적인 성공 사례로 대전시 '무지개 프로젝트'를 들 수 있다. 대전시 주도 아래 미술인, 건축가, 주민들이 함께 모였다. 도시 슬럼 지역 주거 여건을 크게 바꾸면서 골목길도 보존하고 마을도 함께 단장했다. 도시개발공사는 자체 소유하고 있는 임대아파트의 도배와 장판, 싱크대를 갈아주고, 상가가 놀고 있으면 주민 공간으로 쓰게 했다. 돈은 다른 곳에서 벌면 된다는 것이다. '개발과 공공성'이란 이율배반적인 명칭을 갖고 있는 도시개발공사가 개발 이익을 서민 주거 복지로 돌리니, 그 명칭도 크게 거부감이 들지 않는다.

도시 재생의 세계적인 추세는 '재개발=싹쓸이 철거'가 아니라는 사실이 이제 분명해졌다. 마을의 역사성을 살리고 주민들의 삶을 보존하면서 업그레이드하는 방식으로 도시 재생은 계속 진화하고 있다. 그런데도 기계 굉음이 울리는 싹쓸이 철거 방식에 아직까지 각 지자체가 미련을 가지고 있다면, 그런 생각이야말로 싹쓸이 철거 대상이다.

부산시는 지역주민을 내쫓지 않고 삶의 질을 개선시키는 방향으로 도시 재생의 가닥을 잡아야 한다. 그리하여 동네 하나하나씩을 재생 지역으로 선정해 기획 단계에서부터 마을 사람들, 인문학자, 미술가, 공무원, 건축가가 참여하는 공동 작업을 해야 한다.

제어되지 않는 속도와 물질적 가치가 숭앙받는 메마른 현실이
다. 도시 속의 '갯벌' 과도 같은 소중한 공간인 우리의 골목길과 산
복도로를 지키면서 주민 삶을 개선시키는 묘안을 찾아야 한다. 그
렇지 않다면 전시장에 꽉 갇힌 미술을 '거리' 로 방목시키려는 젊
은 미술인들의 열정도 그 '거리' 에서 영영 길을 잃게 될지 모를 일
이다.

도시를 다시 살리겠다는 도시 재생 정책은 그 속에 사는 사람들
의 삶을 행복하게 하는 데 조금이라도 실질적인 힘이 돼야 한다.
감동은 스쳐 지나가는 외부 사람이 느끼는 것이 아니라, 마을 속
사람들의 내부 생활에서 피어나야 할 것이다.

바다가 보이지 않는 부산

흔히 부산을 해양도시라고 부른다. 하지만 부산에서 바다 한 번 보기가 여간 어려운 것이 아니다. 그렇다고 해서 바다가 갑자기 사라진 것도 아니다. 시민들이 바다에 한 번 가기가 힘든 도시가 돼가고 있다는 뜻이다. 이뿐인가. 마치 곡예를 하듯이 걸어야 하는 '비인도적인 인도', 어지러운 간판들, 사방이 막혀버린 답답한 도시 경관, 좀처럼 찾기 어려운 숲길과 공원, 짜증스러운 도시 색채, 키치적인 현란한 밤조명 같은 것들이 오늘날 부산이다.

부산의 경박한 도시 풍경에는 정치 이데올로기와 관료주의의 그림자가 오롯이 담겨 있다. 근대화 과정에서 많은 사람이 도시로 몰려갔다. 권력자는 그들을 '지배'하는 대가로 안전을 '보장'해주는 사회적 합의를 이뤄냈다. 그래서 '인류의 역사는 최소한 지배받으면서 최대한 안전을 보장받으려는 투쟁'이라는 표현이 적절하다. 권력이 민중을 감시하고 손쉽게 지배하기 위해서는 도시 구조가 정치적이고 관료화되기 마련이다.

도시 구조의 정치 이데올로기적 속성을 잘 보여주는 사례가 프랑스 파리일 것이다. 프랑스 정부는 대혁명 이후에도 항상 불안 요소였던 민중을 감시하기 위한 묘책 마련에 전전긍긍한다. 급기야 나폴레옹 3세는 파리 개조를 명령한다. 에펠탑을 중심으로 시원하게 방사형으로 뚫린 거리망이 구축된다. 거기에는 '도시의 좁은 길은 국가에 위험하다'는 정치권력의 민중 감시 욕망이 도사리고 있었다. 도시의 미로 같은 거리에서는 반항세력의 기습적인 공격에 정부군이 빨리 대응할 수 없다.

부산시는 경제를 살린다는 이유를 내세워 도시 공간을 경제적인 잣대로만 평가하는 사업을 계속 쏟아내고 있다. 당장의 치적을 위해 생태계를 파괴하면서까지 과시적인 개발 사업에 열을 올린다. 도시 외곽에서 불어오는 시원한 바람 길을 뚫어주기 위해 다리와 터널까지 특수 설계하는 외국 사례들은 어떻게 설명해야 할까? 그나마 최근 들어 부산에서 학계와 시민단체를 중심으로 '공간 민주주의' 논의가 활발해지고 있다는 사실에서 어느 정도의 위안을 얻을 수 있겠다.

인간적인 도시 풍경과 도시의 품격은 시장의 철학에서 비롯된다. 부산시장은 생태계와 문화와 도시의 품격을 우선 생각하는 시장이었으면 좋겠다. 지난 서구 역사를 살펴보면 도시는 정치권력들이 야합하는 공간이었다. 하지만 민중들 편에서는 역사를 바꾸

는 장소이기도 했다. 정치권력과 관료들에 의해 '소리 없이 정복
된 영토'를 시민들이 다시 팔을 걷어붙이고 찾아와야 할 때다.

멀미가 나는
도시의 불빛

배멀미를 하는 이유는 바다 위에서의 변화를 체감하는 눈과 배에 오르기 전의 상황을 기억하는 귀의 인지 차이에서 비롯된다고 한다. 귀에다가 멀미 패치를 붙이는 이유도 급작스레 바뀐 상황에 혼란스러워 하는 귀를 잠깐 마비시키려는 것이다.

도시 풍경 속에서도 감각이 쉽게 적응하지 못하는 '메슥거림'을 발견한다. 도시 곳곳에서 유행처럼 설치되고 있는 인공적인 조명에 의한 '메슥거림'이다. 주요 시설마다 경쟁적으로 인공조명을 설치해 밤을 혼란스럽게 한다. 그런가 하면 나무에까지 조명을 대낮같이 밝히며 자연의 존재자들을 학대한다. 어느 순간 키치적으로 변한 밤풍경을 대하는 눈과 그 이전의 평화스러운 상태를 기억하는 귀의 부조화에 의해 이내 감각이 불편해진다. 이 같은 현상을 '도시 멀미'로 부르기로 하자.

요즘 들어서는 조금 개선되기는 했지만 얼마 전만 해도 해운대해수욕장의 백사장은 갖가지 색깔의 조명 불빛으로 어지러웠다. 그 불빛 사이사이로 술판을 벌이는 청소년들도 보였다. 백사장 위의 원색 조명과 청소년들의 술판이 마치 라이브 카페 무대처럼 잘 어울렸다.

원색에 가까운 난삽한 조명은 검은 바다와 하얀 포말이 빚어내는 절묘한 이중주를 들을 틈을 주지 않았다. 이따금 낭만적으로 백사장을 거니는 청춘남녀의 청순한 모습조차도 퇴영적인 느낌을 줄 정도였다. 광안리 백사장도 말할 것 없거니와, 수중 생태계를 교란시키는 광안대교, 구포대교, 을숙도대교, 그리고 하천변의 어지러운 인공조명도 마찬가지다. '자본주의는 밤에 보석처럼 빛난다' 라는 말을 입증해줄 뿐이다.

각 지자체들은 도시 야경을 관광상품화하겠다고 말한다. 하지만 이 같은 정책이 잘못되면 오히려 우스꽝스럽고 국제적인 조롱거리가 될 수 있다. 외국에서는 이런 위험을 오래전에 벌써 인식하고 '빛 공해 대책' 을 내놓았다. 미국, 칠레, 호주의 '빛 공해 방지법' 은 그러한 깨달음이 이뤄낸 성과다.

유럽 도시들의 밤은 대체적으로 어둡다. 가정에서도 최소한의 조명만 사용한다. 꼭 책을 봐야 한다면 스탠드와 같은 보조 조명을 이용한다. 이런 풍경이 근검절약하는 습관에서 비롯된 것만은 아닐 게다. 이는 '제발 밤이라도 그대로 두자' 는 사회적 약속을 실천하는 것이다. 사람이 쉴 때 자연도 함께 쉬게 해주자는 배려도 담겨 있다.

'국제 어두운 밤하늘 협회' 가 있다. 이 단체는 '밤을 지키고 밤의 그늘 아래 있는 자연을 지키자' 라는 취지로 활동한다. 인공조명을 밝히느라고 세계적으로 연간 45억 달러의 에너지가 하늘로 날아간다고 주장한다. 한국의 시민단체들도 1년에 2분간 조명을 끄는 행사를 가지며 밤을 존중하는 행사를 갖는다.

이 같은 인공조명의 가장 큰 피해자는 무엇보다 자연의 존재자들일 게다. 동식물들은 빛의 변화로 먹잇감이 있는 장소, 짝짓기 시기와 나뭇잎의 색깔 바꾸기 시간을 알 수 있다고 한다. 한 실험 결과에 따르면, 밤에 눈부시게 밝은 골프 연습장과 도로 주변의 식물은 발육이 매우 늦은 것으로 밝혀졌다. 도시에서 별들이 숨어버리는 이유도 밤하늘의 어지러운 인공조명이 싫어서가 아닐까.

외국 도시들은 꼭 필요한 조명을 제외하고는 경관조명을 절제한다. 런던 템스 강만 해도 은은한 조명으로 인해 밤의 템스 강이 더 아름다울 정도다. 하지만 부산시의 최근 정책을 보면 앞으로 도시 경관조명을 더 강하게 밀어붙일 듯하다.

도시조명에 대한 치밀한 연구와 용역 조사가 필요하다. 부득이하게 인공조명을 설치해야 할 경우, 주위 여건과 친화성을 꼭 살피고 그 범위를 최소화하려는 배려가 있어야 할 것이다. 그런 다음 상업조명 정비를 작심하고 시작해야 할 것이다. 이기적인 상업조명에 대한 통제가 없다면 부산은 빛 공해 도시로 전락하게 된다.

뭔가 자꾸 하려 들지 말고 밤을 밤 그대로 편안히 좀 두었으면 좋겠다. 인상주의 화가 르누아르는 어둠의 색, 검정을 '색깔의 여왕' 으로 부르지 않았던가.

오페라와 뮤지컬에
관한 단상

　예술 창작에는 늘 두 개의 모순적 성향들이 충돌한다. 감성적 성향과 이성적 성향의 충돌이 바로 그것이다. 소크라테스 철학에서 시작된 서양 합리주의 사상에 대한 쏠림은 전자보다는 후자의 흐름으로 흘러간다. 운율과 리듬에 맞춰 춤을 추는 것을 가로막고, 세련된 생각의 훈련과 학습이 주류를 이루었던 것이다. 철학자 니체는 이런 현상을 안타깝게 생각하면서 『비극의 탄생』에서 예술의 이상향으로 음악과 시가 합일되는 형태를 꼽았다.

　오페라는 이런 시대정신을 담뿍 받고 생겨났다. 르네상스 말기 무렵, 이탈리아 피렌체 귀족들은 그리스 비극의 음악성을 부활시키려 했다. 그래서 만들어진 것이 그리스 신화를 소재로 4개 악기만을 연주하는 음악극 「다프네」다. 음악학자들은 이를 오페라의 기원으로 보고 있다. 니체 역시 노래와 이야기가 만났던 고대 그리스 비극의 재탄생 가능성을 바그너 오페라에서 본다. 하지만 얼마 후 바그너 오페라에서 민족주의와 전체주의적 혐의를 느낀 니체는 바그너를 신랄하게 공격한다.

오페라 하면 흔히 화려한 드레스를 입고 무대에서 목청을 돋우는 소프라노 가수를 연상한다. 여기에다가 보석으로 치장한 채 연미복 차림의 남자와 함께 극장에 우아하게 입장하는 상류층 귀부인들을 떠올린다. 실제 오페라가 유행하던 19세기 유럽에서는 붉은 좌석, 크리스털 샹들리에, 화려한 벽화로 치장된 오페라 극장의 화려함으로 인해 비난의 대상이 되기도 했다. 2층에서 망원경으로 관람하던 칸막이 객석에서는 귀족들이 공공연히 매춘까지 저질렀다는 말도 있을 정도다.

오페라에서 화제가 된 것은 '카스트라토' 라 불린 인공적인 남성 소프라노 또는 알토이다. 이탈리아에서 주로 활동했던 이들은 소년기 목소리를 평생 보존하기 위해 거세를 했다. 프랑스인들은 "여자 목소리로 세상의 운명을 결정하는 알렉산더, 시저를 가졌다"고 이탈리아인들을 놀려댔지만 이들은 유럽에 이름을 날렸다.

오페라에 대한 평가는 다양하다. '서유럽의 독창적인 발명품'으로 보는 쪽도 있고, '억지스럽고 불합리한 오락' 으로 평가절하하기도 한다. 오페라는 그 나라의 언어와 문화를 이해하지 못하면 감상하기 어려운 장르다. 이 같은 이유로 대중화시키기가 여간 쉽지 않다.

보수적인 공연 관행과 뮤지컬의 대대적인 공세로 오페라의 본

고장에서조차도 관객이 줄어들어 극장들이 운영난에 처해 있다고 한다. 국내에서는 일부 성악가를 중심으로 오페라 대중화를 위해 다양한 기획을 펼치고 있다. 기차역에서 오페라 공연을 홍보하기 위해 성악가들과 오케스트라단이 일반인처럼 가장하고 있다가 즉석 음악회를 연출하는 '플래시 몹' 공연을 펼치기도 한다. 오페라 공연장에서 친절한 자막 해설이 붙는 경우는 이제 흔한 일이 됐다.

오페라 대중화를 위해서는 물론 다양한 이벤트도 필요하다. 하지만 그에 앞서 오페라가 서양 사람들의 호사스런 여흥이라고 여기는 선입견을 불식시킬 필요가 있다. 그러기 위해서는 다양한 소재의 창작극 공연, 오페라 현대화, 소극장 공연 활성화와 같은 내용적인 진화에도 세심하게 공을 들여야 할 것이다.

뮤지컬은 오페라의 불황에 결정적인 원인을 제공한 장르다. 뮤지컬의 효시는 1892년 런던에서 상연된 가벼운 내용의 「도시에서(In Town)」를 꼽는다. 19세기 말 영국에는 많은 무역상과 부호들이 몰려들었다. 하지만 이탈리아와 독일, 프랑스에서 유행하고 있는 오페라와 오페레타처럼 그들이 볼 만한 마땅한 공연물이 런던에는 없었다. 그래서 춤과 노래와 연기가 어우러진 가벼운 뮤지컬을 무대에 올려 무역상과 부호들의 눈요깃감을 제공했다고 한다.

뮤지컬의 본고장은 사실상 런던 웨스트엔드 지역이다. 템스 강을 구분으로 동쪽인 이스트 엔드에는 주로 서민층이, 서쪽인 웨스트엔드에는 부유층이 모여 산다. 웨스트엔드 지역에는 오랜 역사를 지닌 세계적으로 유명한 뮤지컬 극장들이 줄지어 있다. 한 작품을 가지고 3~4년 단위로 장기 공연을 하는 것은 기본이다. 「캐츠」, 「라이언 킹」, 「레미제라블」, 「팬텀 오브 오페라」 같은 대히트 뮤지컬들이 그렇다. 심지어 한 작품을 20년 넘게 장기 공연하는 경우도 있다. 인기 있는 공연은 입장권 구하기가 어려워 웃돈을 주지 않으면 구입하기 어렵다. 런던 웨스트엔드 뮤지컬 몇 편을 보기 위해 일부러 런던 패키지여행을 떠날 정도다. 웨스트엔드 뮤지컬은 직업 연기자의 훌륭한 가창력, 곡예와도 같은 연기, 스펙터클한 무대 장치, 기획사의 엄청난 제작비 투입으로 미국 브로드웨이 뮤지컬을 능가한다.

미국은 콜 포터, 레너드 번스타인, 어빙 벌린, 조지 거슈윈과 같은 유명 작곡가들의 작품이 이어지면서 뉴욕 브로드웨이를 중심으로 세계 뮤지컬을 주도했다. 하지만 세계 금융 위기로 휘청거리기 시작해 최근 들어 뉴욕 브로드웨이는 정통 뮤지컬과 오페라를 찾아보기 힘들어졌다고 한다. 1930년대 대공황 시절 유행하던 싸구려 연극들이 브로드웨이와 '오프브로드웨이' 에서 무대에 오를 정도다.

최근 국내에도 뮤지컬 열풍이 불고 있다. 뮤지컬은 영미식 문화 자본주의의 총아다. 자극적인 요소에 길들여진 대중의 기호와 맞물려 문화 산업 공연예술로 빠르게 성장하고 있다. 뮤지컬 열풍이 예술의 대중화에 이바지하는 요소도 분명히 있다. 하지만 물량 공세와 상업주의로 다른 장르를 질식시키지 않을까 하는 우려 역시 적지 않다. 국내에서 인기를 끌고 있는 일부 뮤지컬들을 지켜보면 이런 우려가 현실화되고 있다. '불꽃놀이의 섬광처럼 삶을 일깨우고, 때로는 사회 변화를 이끌어가는' 예술의 존재 이유를 대중들이 망각하지 않을까 걱정스럽다.

부산의 마추피추, 골목길

부산 다대포 무지개 공단 안의 미술인 집단 작업실인 '아트팩토리 인 다대포' 가 문화관광부 주최의 '2009 마을미술 프로젝트' 공모사업에 선정됐다. 1억 원의 예산으로 감천동 산동네 진입로에 조각품을 설치하는 프로젝트의 제목이 「꿈을 꾸는 부산의 마추피추」다.

부산에도 마추피추 같은 장소가 있다고 하니 마음이 끌려 가보았다. '태극마을' 로 불리는 부산 감천고개 산동네 마을이다. 태극이라는 이름의 유래는 한국 전쟁 이후 태극도 종교인 수천 명이 피난 와서 정착한 이후 그렇게 불렀다고 한다. 당시 이곳은 독특한 계단식 집단 주택 양식으로 이상향적인 집단 거주 장소를 추구했다고 한다. 해가 뜰 때부터 해질 녘까지 햇볕이 계속 이곳에 머무른다. 정말 신기한 것은 미로 같은 골목 어느 곳으로 들어가도 길이 다 통한다는 사실이다. 판잣집에서 슬래브집으로 바뀐 것을 제외하면, 당시 마을 구조를 그대로 간직하고 있다.

여러 갈래의 골목골목을 걸으니 시간이 정지된 듯한 느낌, 낯익은 기시감(旣視感)이 든다. 산자락을 따라 다닥다닥 붙어 있는 집들은 하늘을 높이고 자기는 낮은 자세로 겸손하다. 집 안의 사람들은 물질과 정신의 군더더기 없이 살아가는 사람들임이 분명해 보인다. 집 밖으로 나오면 마당이 아니라 바로 골목길로 이어지는 공동 소유의 공간, 너와 나의 경계가 사라지는 장소다.

고단한 언덕을 오르는 태극마을 사람들은 어떤 생각을 하며 골목과 골목, 계단과 계단을 오고 갈까. '한국의 산 토리노' 내지는 '레고마을' 로 불리는 이곳이 신기한 듯 사진을 찍으러 오는 사람들도 보인다. 언덕길을 겨우 올라가다가 해바라기를 하고 있는 저기 저 노인 분은 "지친 몸을 일으켜 신산스런 삶을 살아가는 이곳 사람들의 어려움을 알기라도 하느냐" 하며 사진을 찍는 사람들을 바라보는 것은 아닐는지.

하지만 이 생각마저도 또 다른 편견일 수 있다. 함께 소유하고 나누면서 이미 불편함에 익숙해 있는 사람들일 게다. '불편한 행복' 에 만족하는 훨씬 건강한 삶을 살고 있을지도 모른다. 다만 아파트도, 자동차도, 통장예금액도 커야 만족하는 산 아래 사람들의 끝없는 물질 숭배가 이를 방해하지 않는다면 말이다. '지금 이곳' 이 바로 태극도인들이 지향했던 이상향의 현존이 아닐까 하는 생각도 든다.

　태극마을 외에도 부산에는 외지인이 부러워하는 골목길이 많다. 보수동 책방 골목, 고갈비 골목, 건어물시장 골목, 깡통시장 골목을 비롯해 동네마다 넓은 바다를 내려다보는 산복도로 골목길이 그렇다. 술래잡기며 땅따먹기며 구슬치기 놀이로 시간 가는 줄 모르는 아이들, 쌀집 아저씨의 자전거 굴러가는 소리, 허름한 실비식당의 설거지 소리, 고물장수 아저씨의 한가한 오후. 이웃집의 밥숟가락 숫자까지 알고 지내는 골목길 풍경이다. 차 한 대 비집고 들어갈 공간이 없고, 대형마트도 들어서기 어려운 골목살이는 여간 불편한 것이 아니다. 하지만 골목은 아파트에서 느껴야 하는 외로움보다는 콩 한 쪽이라도 나눠 먹고 사는 '공동체적 삶의 아름다움'을 느끼게 해주는 공간이다. 그런데 어찌된 이유인지 골목길을 재개발이란 폭력적인 방법으로 들어낼 태세다. 우리에게 가장 '한국적인' 길이자 가장 친숙한 골목길이 재개발 사업 붐으로 하나둘 사라져가고 있다. 그렇다고 골목사람들의 삶이 '재개발' 된 것도 아니다. 오히려 골목길과 함께 정든 보금자리에서 쫓겨난 경우가 대부분이다.

　골목길 주민들의 삶을 존중하고 골목길을 잘 보존해 관광 자원화시키는 방법은 없을까. 관광의 본질은 지역 사람들의 살아 있는 삶을 생생히 느끼는 것이다. 위락단지, 놀이공원, 카지노, 광안대교, 그리고 현대화된 자갈치시장은 사람의 살가운 숨결을 느낄 수 없다. 외국의 어느 도시에서도 흔히 볼 수 있는 고만고만한 풍경들이다. 이 같은 키치적 발상의 정책은 관광객의 마음을 사로잡지 못한다.

　부산시는 이제부터라도 부산의 다양한 숨결이 살아 있는 골목길을 보존하는 쪽으로 정책을 바꿔야 할 것이다. 시와 구청이 예산을 지원해 화장실, 상하수도와 같은 위생 시설을 보수하면 골목길의 소담스런 집들을 민박집으로도 활용할 수도 있지 않겠는가. 실핏줄 같은 태극마을 골목길을 걸으니 굳어져가는 마음의 근육이 모처럼 풀리는 듯하다. 골목길을 들어내고 새로운 것을 자꾸 만들려는 생각은 마음의 근육을 마비시켜 세상을 더욱 삭막하게 만들 뿐이다.

인상주의,
사진을 조준하다

미술을 잘 모르는 사람들도 인상파 작품에는 친숙하다. 부산에서도 최근 들어 인상파 거장들의 원작을 만날 기회가 더러 있다.

서양미술사를 살펴보면 불과 150년 전만 해도 인상파 작품은 우스꽝스럽고도 추한 것으로 여겨졌다. 1863년 살롱전 낙선작 전시회에 인상파 화가들이 참여, 인상주의 화풍을 세상에 알리는 계기가 됐다. 여기에 출품한 마네의 「풀밭 위의 식사」는 '음란성'으로 당시 관람객들에게 큰 충격을 주었다. 인상주의의 탄생은 기존의 것에 안주하지 않으려는 '끝없는 실험 정신'이 없었으면 힘들었을 것이다.

인상파 중에서도 가장 인상파적인 화가로 불리는 모네는 말년에 집 정원에 있는 수련만을 그렸다. 「해돋이」와 함께 그의 대표적인 명작으로 꼽히는 수련 연작들이다. 그는 "그동안 '빛의 다발'

을 좇아 신속히 움직인 '자연의 사냥꾼'이었다면, 이제는 그 자연을 정원으로 불러들이고 싶다"며 스스로의 내면을 보기 시작했다. 그런데 놀라운 사실은 이 무렵 모네가 시력을 거의 잃었다는 사실이다. "내가 하늘을 붉다고 본다. 그러므로 하늘은 붉다"란 것이 인상파 화가들의 생각이었으므로 이 사실이 그의 작업에는 큰 영향을 끼치지 않았을 것이다.

인상파에 대한 흥미로운 분석도 있다. 모네, 르누아르, 드가 같은 인상파 화가들은 근시(近視)여서 명작을 많이 만들 수 있었다는 것이다. 인상파 화가들은 사물을 흐릿하게 보는 습관이 있다. 부드러운 외곽선과 세부 묘사의 부재 같은 인상파 작품 특징이 바로 근시의 영향이다. 또한 일부 인상주의 화가들 작품에서 붉은색이 유난히 많이 사용된 것도 스펙트럼이 짧은 파란색보다 붉은색을 더 잘 인식하는 근시 특성에서 비롯됐다는 분석이다.

전통적인 회화에 반기를 들고 출발한 인상파도 사실은 19세기 중반 사진기의 출현에 따른 위기감에서 비롯됐다. 사진기의 발명이 당시 사실적 묘사에 치중했던 화가들에게 적지 않은 충격을 준 것이다. 사진기는 '예술은 무엇인가'라는 예술에 대한 정의를 완전히 새롭게 바꾸는 계기가 되었다.

사진은 이러한 순기능적 요소도 있지만 공격적인 성향과 훔쳐보기 속성 역시 지니고 있다. 19세기 말 유행했던 카메라 건은 가늠자가 장착된 장총 모양과 거의 비슷해 사진기의 공격적인 성향을 짐작케 한다. 카메라 건으로 동물의 사진을 찍는 것을 보면 피사체를 겨누는 행위를 연상하게 된다. "카메라란 총이 승화된 것과 같다. 사진을 찍는 것은 슬프고 겁에 질린 시대에 알맞은 포근한 살인이다. 사람들은 총보다 카메라를 통해 더 많이 공격하는 법을 배운다"라는 말이 설득력 있다.

훔쳐보기 역시 마찬가지다. 카메라의 어원인 라틴어 카메라 옵스쿠라(Camera Obscure)가 컴컴한 방을 뜻하듯, 검은 상자에서 세상의 내밀함을 포착한다.

그렇기는 해도 사진은 예술의 대중화에 적지 않은 기여를 했다. 직접적인 소통에 따른 열린 매체로서의 가능성을 늘 열어둔 것이다. 하지만 최근의 일부 사진 작품에서는 자기만의 작품 세계를 일방적으로 강요하는 작업들을 곧잘 발견한다. 인위적인 조작 기법은 말할 것도 없거니와 감상자와 소통할 수 있는 공간을 차단해버리는 듯한 위압적인 사진 구도는 소통의 매체로서 열린 가능성을 스스로 포기하는 듯하다.

'사진은 한 존재의 마지막 삶을 비춘다' 란 말이 있다. 마지막이기에 그만큼 치열하고 엄숙하다. 과거 인상주의 화가들이 그랬던 것처럼 예술에 대한 치열한 탐구 정신을 오늘날 사진 예술이 회복하기를 바란다. 그 길은 기교적이며 강요하는 듯한 작업 태도를 포기하고 사진의 소박하면서도 강렬한 원형성을 회복하는 것이다. 인상주의를 견인하는 역할을 했던 사진이 인상주의가 추구했던 치열함을 확보하지 못하면 예술로서의 존재적 위기를 언제든 맞이할 수 있다.

클래식음악,
좀 편하게 듣자

전설적인 지휘자 헤르베르트 폰 카라얀은 다른 어떤 지휘자보다 음반작업에 의해 만들어졌다. 출세를 위해 나치에 입당한 카라얀은 탄탄대로를 달렸지만 1945년 독일군이 항복하자 화려했던 인생은 금방 역전이 된다. 한동안 지휘봉을 잡을 수 없었고 나치 꼬리표는 계속 따라다녔다. 위기의 카라얀을 구출해낸 사람이 EMI 프로듀서 월터 레게다.

레게는 카라얀의 오케스트라 조련 능력이 탁월하다는 것을 알았다. 카라얀 역시 현장 연주가 금지된 상황에서 살아날 길은 음반작업밖에 없음을 알고 있었다. 결국 카라얀과 레게는 서로 협력하여 큰 성공을 거둔다. 카라얀이 대중성에 치우친다는 비판은 받았지만, 어쨌든 음악의 대중화 작업에 기여를 한 지휘자로 평가받는다.

아직도 '클래식 음악'은 대중들의 접근이 호락호락하지 않다. 기침 한 번 하기도 부담스럽다. 좌석에서 조금만 움직여도 다른 사람의 눈치를 살펴야 한다. 어린이 관객은 그야 말로 '불청객'이다. 음악 연주가 대규모 공연장에 갇히기 전에 '클래식 음악' 연주는 그다지 격식이 없었다.

일본 도쿄에서 열린 「라 폴 쥬르 오 자폰」 연주회는 클래식의 대중화 차원에서 주목할 만하다. 닷새 동안 181차례의 공연이 열린 것도 놀랍지만 이 기간 동안 무려 66만여 명의 청중이 공연을 즐겼다고 한다. 이 같은 성공 비결에는 기존 클래식 공연의 틀을 부순 기획이 크게 한몫했다. 주최 측은 공연 시간을 45~60분으로 줄이는가 하면 입장료도 가장 싼 클래식 공연 표의 4분의 1 정도로 크게 낮췄다. 또한 반바지에 티셔츠의 편한 차림도 허용했다.

편하게 즐길 수 있는 음악, 이지 리스닝(Easy Listening) 하면 최근 부산 공연을 가진 프랑스의 '폴 모리아' 악단이 떠오른다. 영국의 만토바니와 함께 오케스트라보다는 악단이란 명칭이 더 편안하다. 골치 아프고 딱딱하게만 느껴졌던 클래식 음악의 엄숙함에서 벗어나서 음악을 대중의 품으로 돌려주는 데 적지 않은 공을 세웠다.

폴 모리아 악단은 지난 1970~1980년대 군사독재 시절의 어두운 그림자에 갇혀 있던 젊은이들에게 「Love is Blue」의 애잔하고 감미로운 선율 한 곡만으로도 슬픔을 위로하며 희망을 건네주기도 했다. 지금도 가끔 폴 모리아의 음악을 들으면 음악이 단지 감성을 울리고 지나치는 하나의 대상이 아니라, 기억들과 끈끈하게 융합됨을 느낀다. 한 곡 한 곡이 나를 위한 연주라는 생각까지 든다.

클래식의 '격식 파괴' 바람이 일고 있기는 하지만 클래식 음악은 아직까지 엄숙하다. 팝 오케스트라의 효시로 일컬어지는 보스턴 팝 오케스트라가 객석에서도 먹을거리를 허용한 것은 연주자가 주인공이 아니라 청중이 바로 주인공이라는 의식이 깔려 있다. 클래식 음악계는 지나친 엄숙주의에서 벗어나서 대중의 마음을 움직이면서 '현실'에 열려 있는 기획들을 선보였으면 한다.

민주화 열기가 가득했던 오래전 어느 봄날, 한 대학 콘서트홀에서 바이올린 연주회가 열렸다. 자리를 가득 메운 청중이 감미로운 선율에 젖어 들고 있을 즈음 최루탄 연기가 갑자기 스며들었다. 시위 진압 최루탄이었다. 당시 한 음악평론가는 이런 말을 남겼다. "바깥은 저렇게 절박한데, 오늘 이 바이올린 연주회는 과연 무엇을 뜻하는 것일까."

'헛기침'하는 지식인

　　영국에서 공부할 때의 경험 하나가 아직도 새롭다. 다니던 대학의 복도를 지날 때 평소보다 보폭을 가능하면 최대한 넓게 하고 걷는 속도도 최대한 빠르게 했다. 입학할 당시만 해도 서툰 영어 실력의 소유자였던 나로서는 늘 열려 있는 연구실 안의 교수와 혹시 눈이 마주칠지도 모르는 난감한 상황을 미리 피하기 위해서였다.

　　영국 대학의 늘 열려 있던 교수 연구실 풍경에 적지 않은 공감을 했다. 학생들은 물론 바깥 세계와도 적극적인 소통을 하겠다는 상징과도 같다는 생각을 했다. 실제로 영국의 대학교수들은 민감한 정치 경제적인 현안에 대한 발언을 서슴지 않고, 여러 형태의 사회 참여로 지식을 상아탑에 가두어두지 않는 것을 알 수 있었다.

　　한국으로 돌아와서 현장 취재 데스크를 맡았을 때 학술담당 기자가 꺼낸 푸념 한 토막이다. "교수들 대부분이 언론에 나서기를 꺼려 취재하기가 여간 힘들지 않습니다." 교수들의 연구 성과물을 찾아 이를 소개하고 공론의 장으로 끌어내리려는 일선 기자의 직업의식과 언론에 오르내리는 것을 '정치적' 행위로 재단하는 교수들의 인식이 늘 평행선을 달리고 있었던 것이다.

정치적 교수. 우리 사회에서는 이 표현이 왠지 정당한 대접을 못 받고 있다. 소용돌이치는 한국사회에서 지식인 집단인 대학교수들이야말로 오히려 '정치적'이어야 하지 않을까. 곳간에 쌓여 세상 구경도 못한 지식, 시민과 교감하지 못해 울림과 반향을 주지 못하는 지식이 과연 소용이 있을까. 자본과 사학재단이 요구하는 맞춤형 지식 전수에 몰두하는 현실을 보면 더욱 그렇다. 한국의 대학들이 취업학원으로 전락하고 있다.

지식인들의 '객관주의'와 자기 영역만 고집하는 '전문화'는 경계해야 할 대상이다. 객관성을 빙자한 '이기적인 중립적 태도'는 사회 발전에 아무런 도움이 되지 못한다. 지식인의 책무는 진실을 있는 그대로 말하는 것 아니겠는가.

함석헌 선생의 말이다. "산(山)을 움직이는 믿음은 사실은 나를 움직이는 믿음이다. 산보다 더 무거운 것이 내 몸이다. 내 몸을 내 마음대로 부리는 사람은 하루 동안에 스무 개 산봉우리를 내 발 밑으로 지나가게 할 수 있으나, 내 몸을 잘 부리지 못하는 사람은 일년이 가도 눈앞의 책 한 권을 읽지 못한다."

최근 들어 뜻 있는 지식인들을 중심으로 영역을 뛰어넘는 학제간 교류가 활발하다. 시민 강좌, 찾아가는 학술 기획과 같은 다양한 기획을 통해 시민과 소통하려는 움직임도 활발하다. 민심을 제대로 읽지 못하는 정부에 대해서는 교수들이 오랜만에 시국선언을 하기도 했다. '관념이 관념을 확대재생산' 하며 상아탑에 안주하고 있다는 비판을 들어온 교수 사회가 이론적인 학문 역시 '무기와 갑옷' 이 될 수 있다는 것을 보여주는 듯하다.

하지만 이것만으로는 왠지 부족하다. 안락한 정신만을 추구하지 말고 대중을 향한 '말 트기' 와 '말 걸기' 를 더 활발히 시도할 의무가 지식인들에게 있다. 자본주의의 허위의식에 세뇌돼가는 대중의 의식을 일으켜 세워야 할 것이다. 진실은 늘 불편하기 마련이다. 나서다가 다치더라도 또다시 나서는 지식인을 보고 싶다. '지금 여기' 를 향해 늘 열려 있는 대학 연구실을 기대한다.

일상에서 듣는 우주

노루 꼬리처럼 짧은 겨울해가 뉘엿뉘엿 저물어가고 있다. 어느덧 시간은 내가 따라갈 수 없는 속도를 내며 지체 없이 흘러간다. 늘 경이로워 우주의 화석처럼 변하지 않을 것만 같았던 산행 길, 가지가지의 연연한 잎사귀들이 이제는 찬바람에 서걱거리고 있다. 찰찰거리며 흘러가던 개울물 소리도 들리지 않고 도랑에 앙상한 여운만 묻어 있을 뿐이다.

어김없이 올해도 지는 해와 이별해야 한다. 한해의 끝자락에서 지난 삶을 반추하는 저마다의 시간을 가진다. 하지만 뭔가 텅 빈 느낌이다. 무료하기만 한 일상의 더께, 켜켜이 쌓이는 삶의 권태 속에서 또 한 해를 보내는 허무감을 눅이지 못한다.

하지만 찬찬히 생각해보면 우리의 일상은 바로 곁에 있어 잘 느끼지 못하는 귀한 보석과도 같다. 일상에 대한 애정 없이는 어떤 새로움도 한낱 신기루에 불과할 뿐이며 그 새로움도 어느 순간 더 이상 자극을 주지 않을 것이다. 어떤 소설가는 아이의 치아가 조금씩 자라는 모습에서 우주의 신비를 느낀다고 했다. 예술사를 통틀어 이런 일상의 구체적인 경험을 보편적인 예술언어로 승화시킨 명작도 많다.

하지만 최근의 일부 예술작품을 보면, 가능하면 대중이 잘 이해 못하게 하고 현실과 거리를 두는 것이야말로 예술적 품위를 지키는 것으로 착각하는 경우를 볼 수 있다. 또한, "말할 것이 없다"란 상황에 대해서도 이상하게 조급함을 지닌 예술가들이 있다. 그래서 끊임없이 일탈과 기행(奇行), 은둔을 추구하고, 술판에서 '소동' 한 번쯤 정도는 일으켜야 예술인인 듯 행동한다. 아주 평범하고 사소한 일상의 작은 자락 자락들을 예술적 언어로 승화시켜 보편화시키는 일에 예술인의 참된 가치가 빛을 발휘함에도 말이다.

'혹시 내가 고흐 같은 존재가 아닐까?', '지금 여기에선 알아주지 않아도 먼 훗날에는 알아주겠지' 하는 예술인도 있다. 당대가 알아주지 못했던 천재 예술가들을 떠올리며 스스로 위안을 얻는다. 그리고는 별세계에서의 기호를 이해하지 못하는 대중의 낮은 미적 감별력을 탓하곤 한다. 하지만 대중의 예술적 분별력이 높아지고 모든 것이 정보화된 지금, 고흐와 같은 예술가가 존재할 가능성은 낮아졌다. 그런데 아이러니컬하게도 고흐는 항상 대중과 소통하려 애를 썼던 예술가였다.

물론 예술인 개개인은 스스로 생각하고 느낀 것을 작품으로 창조할 수 있다. 하지만 그 개인은 또한 많은 부분을 사회에 의존한다. 사회 틀 밖에서 사람을 생각하거나 이해하는 것은 거의 불가능할 것이다. 사회는 사람에게 음식, 옷, 집, 도구, 언어는 물론, 심지어는 생각의 형태와 내용까지도 제공한다.

따지고 보면 우리 주위에는 '말할 것'이 참 많지 않은가? 그 말할 것에 대한 정서적인 일렁임을 상상력을 첨가해 현실화된 정서로 승화시키는 사람이 바로 훌륭한 예술가일 것이다. 그렇게 하여 반복되는 일상은 더 이상 일상에 머물지 않고, 한 작품에 의해 새로운 의미가 탄생된다.

예술인은 독창성과 대중과의 소통 가능성에 대해서 늘 긴장한 채 오고 가야 하는 실로 힘든 길을 걷고 있다. 그래서 어느 문학도의 말이 가슴에 와 닿는다. "제 고향 산밭의 옥수수 줄기에 열린 옥수수마다 들어 있는 하모니카 소리에서 우주의 '하모니'를 들을 수 있는 귀를 얻기 위하여 저는 이제 다시 문학의 먼 구도 여행 길에 오르겠습니다."

잃어버린 공간을 찾아서

대도시에서 시계 바늘이 한 시간이라도 느닷없이 제각각 돌아가면 수습하기 어려운 혼돈 상태에 접어들 것이다. 도시인들은 이렇듯 휩쓸려가거나 떠밀려가며 빠른 속도와 소비문화에 굴복한다.

19세기 산업자본주의의 중심지 파리에 살았던 시인 보들레르는 도시 생활의 혼잡함과 외로움을 이렇게 표현한다. "늙은 매춘부에 취한 난봉꾼처럼 이 거대한 매춘의 도시에 취하고 싶다. 새벽 한 시에 마침내 혼자가 되었다! 늦어진 역마차 두서너 대가 기진해서 달려가는 소리만이 들려온다. 마침내 지긋지긋한 인간의 모습도 사라져버렸다. 이제 나는 비로소 어둠 속에 묻혀 느긋하게 쉴 수 있다. 우선 이중 열쇠를 채운다. 열쇠 회전수에 따라 나의 고독은 더욱 깊어진다"라고 노래했다.

대도시에서는 곳곳의 자극적인 이미지에 신경도 곤두서기 마련
이다. 그래서 대도시인의 특성은 '신경과민'이다. 도시는 또 인구
과밀로 서로가 생존 경쟁을 벌이지 않을 수 없다. 개인들은 도시에
서 살아남기 위해 그들만의 노하우를 전문화시키려고 노력한다.
가능하면 본인만, 그것도 아니면 '끼리끼리 집단'에서만 알 수 있
는 코드로 바꾸어버려야 '프로'가 된다.

도시의 삶은 또 생계 투쟁을 자연과의 투쟁으로부터 사람과의
투쟁으로 바꿔버렸다. 이익마저도 이제는 자연이 베푸는 것이 아
니라 사람이 베푼다. 생각해보라. 과거 자연으로부터 인간이 풍성
한 혜택을 받았다면, 첨단자본주의는 사람의 머리(허공)로 돈을
잃거나 벌게 만들었다.

도시는 추상성과 지성, 속마음 감추기와 같은 '중립성의 원리'
가 지배하는 차가운 공간이다. 그로 인해 서로가 거리를 둔 채 냉
담하게 살아간다. 각자의 삶은 다른 사람을 위해서 번역되어야 하
는 이유로, 고유의 개성을 상실한 채 '사이 속에서의 인생'으로 엮
어진다.

도시의 공적 공간이 상업 공간에 의해 대책 없이 노출돼 있는 경
우는 어떤가. 지하철과 연결된 쇼핑몰, 상업 광고로 도배가 된 버
스의 안과 밖, 사적인 자동차로 시끌벅적한 공공도로도 예외가 아
닐 것이다.

지성의 장소여야 할 대학 캠퍼스에는 쇼핑몰이 들어섰으며, 캠
퍼스 광장이 어느새 자취를 감추고 주차장으로 변했다. 시국에 대

해서 서로 고민하고 토론을 벌이던 장소는 아예 찾기가 어려워진 것이다. 또한 집 밖으로 한 발짝만 움직여도 언제든지 보이고 들리는 광고로 생각할 여유조차 앗아간다. 그 공간을 확보하기 위해서는 자본의 요구에 따라 대가를 치르고는 찜질방, PC방 같은 곳에 가야만 한다. 오죽하면 자본이 세계를 이동하는 이유가 '공간'을 빼앗고 거기에 무한정 잠겨 있는 가치들을 활용하기 위해서란 말이 있을 정도일까.

다행스럽게도 예술인들을 중심으로 공적 공간의 사유화 흐름에 맞서는 저항도 만만치 않다. 전시장에 갇힌 '미술'을 바깥으로 넓히려는 공공미술과 거리미술(도시재생 프로젝트, 자연예술제, 거리 벽화, 야외 조각, 그래피티, 거리 퍼포먼스, 낙서) 운동이 여기에 해당할 것이다.

이러한 움직임들이 상업적 이데올로기에 의해 헉헉거리는 '도시'에 공동체적인 가치를 불어넣는 계기가 되기를 바란다.

예술가에게 보내는 편지

　　경제 위기라는 팍팍한 현실의 소용돌이 속에서 예술인 여러분의 일상도 만만치 않을 것입니다. 한국 사회의 골 깊은 양극화로 인해 벼랑 끝에 내몰린 우리의 이웃들은 극단적인 행동으로 분노를 표출합니다. 서민들의 삶이 어느 시기보다 고단한 이때, 사치스런 행위로 평가절하될 수 있는 '예술'의 역할에 대해 생각하는 계기를 마련했으면 좋겠다 싶어 글을 올립니다.

　　칸트는 비둘기의 역설에 대해 말했습니다. 공중을 잘 날아가던 비둘기가 어느 순간에 공기의 저항을 느끼기 시작했습니다. 그래서 공기 저항이 없는 진공 상태에서 편안히 날아봐야겠다는 생각을 합니다. 하지만 결과는 뻔했습니다. 진공에서 날 수 없는 것과 마찬가지로, 현실을 떠난 별세계에서의 비상 역시 생각할 수 없습니다. 여러분 가운데 대중이 가급적 이해 못하는 작품을 훌륭한 것으로 여기는 생각을 가진 분을 가끔 봅니다. 작품 세계가 현실과 별거한 채 '숭배'의 대상이 되기를 원하는 가학적인 자세입니다.

우리가 느끼고 생각하는 모든 것은 결국 사회적으로 주고받는 반응의 결과물일 것입니다. 당대가 허락하는 '언어게임'의 범주 내에서 여러분의 예술 언어 역시 유성기 축음판 돌아가듯 그 자리를 뱅뱅 맴돌고 있는지도 모릅니다. 지상에 존재하지 않는 언어를 찾아 순례의 길을 떠난 시인 말라르메는 순진한 낭만주의자에 속할 것입니다.

'열린 예술'에 대해서도 적극적인 자세를 가져주시기를 바랍니다. 멀리 갈 것도 없이 진보적인 성격의 민예총과 그 산하 단체마저도 소극적이고 폐쇄적입니다. 현 정권 들어 비문화적이고 비생태적인 일련의 정책들에 제목소리를 내지 못합니다. 또한 대중과 소통하기 위한 활동은 여간해서 찾아보기 어렵습니다. 이는 오랜 역사를 가진 예총도 마찬가지입니다.

우리 사회는 정치, 사회, 경제 각 분야에서 상상력의 빈곤에 허덕이며, 개발 지상주의 시대로 회귀하고 있습니다. 지금이야말로 여러분의 천금 같은 상상력이 필요한 때입니다. 하지만 '상상의 한계는 지식의 한계'라는 말이 있듯이, 상상력이 공허한 관념에 그치지 않기 위해서는 역설적이게도 현실을 제대로 인식해야 할 것입니다. 한 예를 들자면 어떤 아이가 막대기 놀이를 할 때, 막대기를 들고 말을 달리는 장면을 상상하면서 '칙칙폭폭' 소리를 낸다면 과연 그 아이가 상상력이 풍부하다고 말할 수 있을까요?

치열한 현실 인식을 확보하는 길은 여러분이 예술 생산가이자 시민의 한 사람이고 지성인임을 깨닫는 데서 비롯됩니다. 그리고 아름다움의 탐구자란 단순한 역할에 그치지 말고, 예술 수용자로 하여금 일상의 평범한 사유 질서에서 벗어나게 해줘 자극과 깨우침을 주며, 그 작품에서 '숭고' 의 감정까지 느끼게 하는 역할을 해주었으면 합니다.

여러분이 예술인이란 이름을 듣고 있는 이상, 자기만족적인 카타르시스 행위는 지양했으면 합니다. 여러분이 뭔가를 해주지는 못하면서 심정적으로만 동조하는 어려운 계층이 엄연히 존재합니다. 그러한 계층 바로 앞에 놓인 위험한 칼날을 여러분이 조금이라도 제쳐놓는 역할을 실천적으로 해주시기를 당부 드립니다.

언론인으로서 자기 성찰도 제대로 못하면서 여러분에게 주제넘게 글을 올린 것 같습니다.

지난 설날 산길을 걷다가 매서운 칼바람이 부는 언 땅 아래서도 희망의 새싹이 움트고 있겠거니 생각했습니다. 사회 각 분야의 연대와 소통에 대해서 함께 고민하는 한해가 되었으면 좋겠습니다.

책 원고를 가까스로 출판사에 보내고 홀가분하게 떠난 휴가 마지막 날, 인근의 황령산에 올랐다.

그날은 마침 태풍이 막 지난 후였다. 평소에는 조용하던 풀잎들이 태풍의 남은 영향으로 아직도 세찬 바람에 흔들렸다. 풀잎들이 엎어지듯 몸을 휘어 누인 옆으로 작은 도랑이 흘렀다. 좁은 폭의 도랑 사이로 빗물이 콸콸거리며 새 세상을 만난 듯이 기운차게 달려갔다. 저렇게 작은 도랑 사이로 물이 우렁찬 소리를 내며 흘러가다니, 참으로 경이로웠다.

세상에 내놓기에 부끄러운 한 권의 책이 완성됐다. '책을 읽는 사람보다 책을 내는 사람이 더 많다' 는 시대다. 그래서 이 책이 또 다른 공해가 아닌가 하는 조바심도 들었다. 하지만 원고를 쓰고 정리하는 동안 이런 조바심을 물리치게 한 작은 희망 하나가 있었다. 새로운 사회에 대한 낙천적인 상상력이, 읽는 사람과 하나하나씩 교감을 쌓아간다면 작은 산도랑에서 흘러내리는 물과 같이 기운찬 힘을 만들 수 있을 것이라는 희망이었다. 그 산도랑 옆에 쭈그리고 앉으니 겉옷이 끌려 올라가 허리의 맨살이 드러난다. 이렇듯 나의 글들도 어쩔 수 없이 수시로 비어져 나오는 부족함을 가진 글일 것이다.

가끔 현실과 벗어난 생각을 하면 뜬구름 같다는 이야기를 듣곤 한다. 그 이야기 끝에는 또 현실적인 대안이 뭐냐고 물어보았다. 그럴 때마다 "그런가?" 하며 삐쭉거리면서도 마음속으로는 이의제기를 했다. 현실을 바꾸려면, 현실과는 다른 비현실적인 상상을 해야 하지 않느냐는 이의제기였다. 우리가 흔히 대안이라고 말하는 것도 결국 현실을 인정하는 바탕 위에서의 다른 생각들에 불과할 것이다.

헤르만 헤세는 구름을 무척 좋아했다. 그는 구름을 하늘과 땅을 연결해주는 매개체로 보았다. 그는 구름을 바라보면서 하늘까지 보는 시야를 확대해 새로운 세계에 눈을 뜨게 했다.

저널리스트로서 쓰는 나의 글도 구름 같고 싶다. 습관처럼 정해진 눈의 주사(走査) 방식을 쫓아 하루하루를 살아가는 우리들이 미처 보지 못하는 쪽으로 조금이나마 시야를 돌리고 싶었다. 그리하여 이미 정해진 세상에 순응하지만은 않으려는 힘들이 쌓여 세상을 조금씩 움직이게 할 수 있다면 이 책을 내는 큰 보람이 되겠다. 부족한 이 책을 흔쾌히 출판해준 산지니출판사 강수걸 대표에게 마음의 빚을 지고 있다. 또한 이 책을 내는 데 지원과 격려를 아끼지 않은 사랑하는 나의 아내, 딸 신지와 아들 재형이, 그리고 주위 여러분들에게도 깊은 고마움을 표시하고 싶다.